FELIZ ANIVERSÁRIO, QUERIDA ESTRANHA

TATIANA BUSTO GARCIA

FELIZ ANIVERSÁRIO, QUERIDA ESTRANHA

Sá editora

Capa
Tatiana Busto Garcia

Foto da capa
Ligia GBrosch

Preparação de texto
Margô Negro

Revisão
Milfolhas Produção Editorial Ltda.

Projeto Gráfico (miolo)
Eveline Albuquerque

Impressão
Bartira Gráfica e Editora S/A

Catalogação na fonte

Garcia, Tatiana Busto
Feliz aniversário, querida estranha / Tatiana Busto Garcia. – São Paulo : Sá Editora, 2011.

ISBN 978-85-88193-68-0

1. Literatura brasileira 2. Romance I. Título

CDU – 869.0(81)

Apoio

Projeto realizado com o apoio do Governo de São Paulo, Secretaria de Estado da Cultura, Programa de Ação Cultural 2010.

SÁ EDITORA
Tel./Fax: (11) 5051-9085 / 5052-9112
E-mail: atendimento@saeditora.com.br
www.saeditora.com.br

Aos meus pais.

Fim de tarde. Caminho sobre a areia da praia tentando alcançar o mar, que parece fugir de mim. Apresso meus passos para tocá-lo, mas ele é mais rápido. Começo a correr, e o meu movimento provoca ondas enormes que quebram à minha frente. Exausta, paro e olho para o horizonte. Meus pés estão cobertos pela água. Sinto uma alegria imensa. De repente, ouço vozes. São duas meninas de mãos dadas que parecem rir de mim. Elas cantarolam: "Não sabe nadar, não sabe nadar, não sabe nadar!". Olho então para o céu e me dou conta de que estou submersa, a muitos metros de profundidade. A luz do sol brilha com intensidade sobre a imensa camada de água. Tento nadar em direção à superfície, tenho uma sensação muito real de afogamento. Entro em desespero. E é nesse ponto que sempre acordo.

01.

São Paulo.
Segunda-feira, 14 de fevereiro de 2011.
Hoje faço dezessete anos.

"Pegou o cheque?"

Ela pergunta só pra me irritar. É óbvio que eu peguei o cheque, ela me viu guardando na carteira. Não respondo, não posso mais falar com ela. Minha sanidade depende disso.

"Eu passo pra te pegar às quatro. E vê se não apronta nada."

"Porque eu tenho que chegar uma hora antes da consulta?"

"Porque esse é o horário que eu posso te trazer... tenho uma aula de pilates em quinze minutos. Vai, desce, tem um cara buzinando atrás de mim!"

Quando estou prestes a bater a porta, mais um lembrete:

"Sara, preciso conversar com você na hora do jantar, vê se não vai arranjar nada. Tô pensando em pintar as paredes dos quartos, peguei umas amostras de cores e quero que você veja, tá?"

Ao bater a porta do carro, recebo o mesmo sorriso de adeus, sorriso irritante e emborrachado do sapo japonês pendurado no retrovisor. O que eu fiz pra merecer uma mãe *kawaii* – infantilizada, fofucha e colorida?

Hoje faço dezessete anos e este parece ser o dia mais insignificante da minha vida.

***

"Boa tarde, por acaso a senhora já possui cadastro em nosso sistema?" (Elaine, eu já falei que te odeio? Que odeio você e esse seu esmalte impecável?)

"Já. Por acaso, eu venho aqui toda semana há pelo menos dois anos."

Talvez seja necessário acrescentar que, há alguns meses, eu a surpreendi choramingando detrás do balcão, enquanto falava ao celular com o namorado bronco e mulherengo.

Elaine não poderia se importar menos com o fato de eu vir aqui toda segunda-feira, com o mesmo uniforme do colégio e com a mesma mochila xadrez com o bolso de fora sujo de tinta azul da caneta, Elaine não se importa com nada além de suas unhas, Elaine gosta de tirar fotos com seu celular e depois enviar para as amigas, usa creme corporal com cheiro de fruta e baunilha, seu minipoodle tem um perfil no Orkut, toda semana compra uma revista nova de dietas e, no último sábado de cada mês, toma duas conduções até o shopping para pagar a fatura do seu cartão Marisa. Elaine, você não sabe nada da vida.

"Pode subir. Décimo segundo andar, conjunto duzentos e vinte e sete, terceiro elevador à sua esquerda, bloco B." (Elaine, eu já te disse que venho aqui toda semana?)

O conjunto duzentos e vinte e sete, décimo segundo andar, bloco B, abriga duas clínicas odontológicas, uma de estética, um centro de reiki-massagem-yoga-vodu ou sei lá o quê, um "instituto nipo-brasileiro de hipnose" e uma máquina trituradora de gente, vulgarmente chamada de clínica de psicanálise. No total, são seis salas, uma recepcionista loira-vulgar, oito (aspas) profissionais (fecha aspas) e três poltronas desconfortáveis. Se cada sala atende a uma pessoa por vez, eles deveriam oferecer, no mínimo, seis poltronas na sala de espera. E, levando em conta que cada pessoa traz consigo um "anexo" (o parceiro para a terapia de casal, a mãe pra segurar a mão do rapaz durante a hipnose, a vizinha desocupada pra bater papo e encher a sala com voz estridente), seria então necessário dobrar outra vez o número de poltronas. De qualquer forma, a sala parece cheia demais para mim hoje.

"Oi Sara! Chegou mais cedo? O paciente das catorze horas acabou de entrar na sala da doutora... Você vai ter que esperar um pouquinho..." (Mônica, a secretária. Elaine e ela seriam grandes amigas. Poderiam sair juntas pra bater perna no Brás e depois se entupiriam de minipães de queijo com requeijão – dois reais a dúzia, numa estação da CPTM. Um dia, quem sabe eu as apresente.)

Esperar. É incrível, parece que não faço outra coisa na vida. Todos os dias apodreço no ponto esperando um maldito ônibus lotado, espero uma mensagem no Facebook, espero que minha mãe não entre no quarto e me acorde com aquele bom-dia artificial, espero que o vizinho pare de xingar sua mulher à noite para que eu possa dormir, que o colégio termine logo, que eu pare de ter cravos na testa, espero fazer dezoito anos para poder ter um carro, espero que alguma coisa de verdade aconteça, ou que tudo isso pare de acontecer. E, enquanto espero, não sei se vivo. Minha vida é uma eterna sala de espera sem revistas para folhear.

"Não tem problema. Vou esperar lá embaixo."

Observo novamente a sala antes de sair. Uma criança catarrenta me olha fixamente. Eu mostro a língua. Ela chora. Eu sorrio.

A pele do ascensorista repete o cinza fosco das paredes do elevador e eu mal percebo aquele homem magro e reumático esquecido ali há doze anos.

"Térreo."

NOTAS PARA TÍTULOS DE LIVROS - AUTO-AJUDA:

- Domando o serial killer que nos habita.
- Cortando os pulsos com uma espátula de manteiga.
- Saudades do desconhecido: superando a crença de que você nasceu na época errada.

***

"Térreo, senhorita."

No interior do edifício Palazzo di Nero há um pequeno e bucólico pátio ajardinado, onde os sabiás cantam na alvorada e namoram ao entardecer. Hipérboles à parte, estamos falando de um espaço de cimento de dois metros quadrados, com um banco de madeira semipodre no centro e algumas plantas murchas ao redor. Eu já conheço bem o recinto, seu usual cheiro de esgoto, café e cigarro. Aqui, as poltronas estão sempre disponíveis.

Penso em apanhar um cigarro no fundo da mochila. Na verdade, não sou fumante e nem tenho planos de sê-lo, mas aquela caixa de Camel ao lado da cama da minha mãe provocou algo em mim, não sei explicar... Ao mesmo tempo que senti uma enorme repulsa (não do cigarro, mas da minha mãe, por ter começado a fumar aos quarenta e dois anos), fiquei tentada a carregá-la comigo para um momento especial. E agora eu me pergunto: "*Será este um momento especial?"* e algo dentro de mim responde: "*Não, este é mais um momento de merda nessa sua existência vazia.*"

Minha mãe nunca fumou porque achava vulgar. Nada de questões de saúde ou preocupação com o hálito cinzento, não. Ela simplesmente achava que fumar era equivalente a usar uma calcinha fio dental vermelha debaixo de uma calça branca. E, de repente, aos quarenta e dois anos, após alguns desentendimentos com meu pai, vidros de calmante, flacidez e excesso de horas livres, ela decide fumar. Acho que quer se sentir mais jovem, sensual, sei lá. Daí montou um combo: consultas com médico ortomolecular (seja lá o que isso signifique), aulas de pilates, cura prânica e cigarro. Principalmente no trânsito. É ridículo, se um carrão encosta ao lado, ela baixa um pouco o vidro, aumenta o volume da Sade, que está tocando no rádio, e acende um cigarro, bem "casual". Ah, sim, mas como ela não quer ficar fedendo a esgoto depois, sempre anda com um vidrinho de Victoria's Secret na bolsa pra passar nas mãos após dispensar a bituca.

OK, talvez eu esteja passando uma ideia um pouco distorcida da minha mãe. Sim, ela faz tudo isso, mas não é consciente, não acho que ela queira sair com outros caras. É muito moralista pra isso. Acho que é só carência mesmo.

O faxineiro passa por aqui dando vassouradas a torto e a direito. Ele não percebe, seus movimentos são automáticos, mas eu sim: sua vassoura toca o chão e nada mais, não há nada a varrer, nem uma folhinha, um chiclete, um papel sujo, nada, seu trabalho consiste simplesmente em espalhar a poeira pelo ar para que ela não se acostume muito ao chão. Em que será que ele pensa ao reproduzir os mesmos movimentos todos os dias, minuto após minuto? Pode estar cantarolando mentalmente a letra de um pagode, repassando as contas do mês, pensando nas coxas da mulher que se espremeu contra ele no metrô, tudo isso junto ou talvez nada disso. Talvez esteja planejando um sequestro ou lembrando a sua casa de infância, quem sabe não está psicografando mentalmente um romance espírita? De qualquer forma, não consigo enxergar muito além do tédio que ele carrega no rosto e nas mãos. "*Quando terminar o cigarro, vou jogar a bituca no chão para tornar seu trabalho mais emocionante*", penso.

Busco o cigarro e encontro os costumeiros habitantes do fundo da minha mochila: duas Bics sem tampa, embalagens de chiclete, um gloss ressecado, um elástico de cabelo, alguns papéis amassados, uma borracha suja, um botton dos Ramones com o alfinete quebrado, uma pinça e um remédio pra enjoo. Ou seja, eu não deveria me admirar se tirasse dali um cigarro todo amarrotado e, eventualmente, com riscos de caneta. Tá, não me admirei, mas fiquei puta, mais pelo fato de não ter um puto de um isqueiro, do que pelo cigarro amassado e rabiscado.

Pelo vidro que separa o pátio fétido da recepção do edifício, vejo um casal entrar. A mulher deve ter seus trinta e cinco anos. Encontra-se em estágio avançado de gravidez. Seus cabelos ruivos me levam a crer que ela se chama Virgínia. O homem está por volta dos quarenta, traje casual, calça de brim clara e camisa polo verde-musgo, deve ter tirado o dia de folga para acompanhar o último ultrassom de Virgínia. No próximo encontro com o pequeno Guilherme, este estará coberto por lágrimas, sangue e suor. Talvez Virgínia não ame aquele homem, mas, afinal, sua hora estava passando e seu sonho de ser mãe tornava-se cada vez mais distante. "*Ele me deu um filho e eu darei a ele o meu carinho*", pensaria Virgínia no alto de sua pieguice.

Se eu tivesse cabelos vermelhos, teria planos mais audaciosos, para mim e para o mundo. Virgínia é um desperdício.

***

Não vejo a hora deste dia terminar. Sendo otimista, deve estar uns quarenta e cinco graus à sombra, juro. Porque eu não nasci na Escandinávia? Minha mãe seria uma mulher loura e pálida, de nome Frederikke ou Hedvig, que não me acordaria com um cretino *Bom dia, minha gatinha*. Hedvig seria uma mulher austera, que me daria um despertador para que eu acordasse sozinha para ir à escola. E, caso eu perdesse a hora, o problema seria inteiramente meu, pois ela estaria preocupada demais com outras coisas a caminho de seu escritório num arranha-céu no centro de Helsinque. Os finlandeses e os noruegueses, sim, são felizes. Eu sou apenas um pedaço de carne sendo cozida no bafo de poluição e calor desta cidade de terceiro mundo.

NOTAS PARA TÍTULOS DE LIVROS
- GUIAS DE VIAGEM:

- Luxury and Boutique Hotels in Acre.
- Lonely Planet Special Edition: Capão Redondo.

***

Reviro um pouco mais a mochila e, por fim, desisto de encontrar o isqueiro. Pra ser sincera, acho que nunca carreguei um isqueiro comigo. Esse comportamento foi reflexo de uma crença que eu tinha quando era criança, de que cigarros e isqueiros andam sempre juntos. Talvez por culpa da dona Edna Batistelli, orientadora pedagógica da escola onde estudei até a segunda série. Mulher de perfume amadeirado, brinco de pérola, cabelo chanel louro tingido, sobrancelha escura e marcante. No pulso, relógio dourado de pulseira fina, daqueles com brilhantes nos múltiplos de cinco. Junto com a agenda de capa floral, carregava elegantemente um porta-cigarro-e-isqueiro de couro marrom imitando pele de cobra. Daí alguém pode pensar, "*ah, mas a orientadora pedagógica de um jardim da infância não deveria andar no meio dos alunos com um maço de cigarro, é um péssimo exemplo*". E é aí que está o engano. Aquela mulher era um ótimo exemplo de tudo o que eu não queria ser, logo, trataria de ficar longe de qualquer coisa que pudesse me levar a ser como ela, e isso inclui, obviamente, cigarros.

Bem, mas uma vez que não tenho absolutamente mais nada pra fazer neste momento, dedicarei essa longa hora que tenho pela frente a um outro vício, talvez mais destrutivo do que o cigarro: o de pensar.

Meu pai é um cara legal pra caralho. Fala pouco, é do tipo observador. E uma vez ele me disse que eu ficava muito "bonitinha" quando pensava. Porra, pai, *bonitinha*? E, afinal, a gente não fica pensando o tempo todo? Mas daí ele me explicou uma coisa que eu nunca tinha reparado sobre mim: que eu me sento pra pensar, como se fosse um exercício. Segundo ele, nesses momentos, eu franzo a testa (tenho certeza de que no futuro terei um vinco profundo entre as sobrancelhas), aperto os lábios, fico com o olhar vidrado no nada e cutuco as unhas da mão esquerda com os dedos da mão direita. É, pai, devo ficar muito "bonitinha" mesmo... *Anyway*, preciso pensar sobre o que posso pensar agora. Parece que tem tanta coisa que eu quero pensar, mas, ao mesmo tempo, não tem nada. A relação problemática com minha mãe? Não, muito óbvio. As viagens que infelizmente nunca vou fazer na vida? Todas as roupas que eu quis comprar este ano e que ninguém me deu dinheiro? O dia em que meu pai saiu de casa? O dia em que ele voltou? Os foras que tomei nos últimos meses? 2009 e 2010: todos os festivais de música que meus pais me proibiram de ir antes de eu comprar um RG falso? O que há de errado comigo? Que tipo de pessoa desprezível sou eu para que a minha própria mãe esqueça meu aniversário?

(Som de trombetas) – "O aniversário." Esse lance do aniversário não é nenhum *big deal*. Eu acho uma merda fazer aniversário. Tudo bem, é legal pensar que falta só um ano para fazer dezoito, alcançar a minha liberdade plena e sepultar de vez no passado aquilo que chamam de infância. Mas o dia em si é um lixo. Especialmente se ninguém, além de você, lembra dele. Que coisa idiota, eu queria tanto não achar que esse é um dia especial em que todas as pessoas deveriam pensar em mim... Mas não, simplesmente não consigo. Acho que já assisti a muita televisão na vida, não tem como voltar atrás. Bem, mas sejamos justos, nem todo mundo esqueceu meu aniversário: Teca, a gorda alegre que senta lá na frente, lembrou porque é o mesmo dia do aniversário do Pinky, o peixe beta dela; a VIVO também lembrou, mas não ligou, só mandou um SMS e aproveitou pra tentar me empurrar mais um pacote de torpedos... Estou esquecendo de alguém? Ah, sim, o veterinário da minha gata também ligou logo cedo dando os parabéns... para ela. "*Ah, desculpe, é seu o aniversário? A secretária deve ter invertido as datas na ficha, achei que já fossem os dez aninhos da Moqueca... Estava ligando pra dizer que ela ganhou uma dose de vermífugo. Bem, parabéns de qualquer forma!*" Ainda me resta o Facebook (God save Mark Zuckerberg). Mas só vou conseguir entrar à noite, quando voltar pra casa. Se tiver uma única mensagem, já vou soltar rojões e me sentir a pessoa mais popular do mundo. Ana Laura? Não, a egoísta da minha irmã não consegue enxergar muito além do próprio umbigo. Não deve nem lembrar que eu existo.

Bem, eu não estaria sendo justa se não mencionasse o Tatá. Talvez ele seja meu único conforto. Há dois dias ele não aparece no colégio, mas eu tenho certeza de que ele se lembrou do meu aniversário, sei que está pensando em mim. Não, ele não é meu "namoradinho" nem nada do gênero, aliás, cada dia mais eu acredito que o Tatá é assexuado. Ele deve estar pensando em mim, e não porque eu seja alguém especial, mas só porque sou a única pessoa que fala com ele no colégio. De dez dias letivos, ele falta sete. Tá, exagero, ele deve faltar uns cinco dias por mês. Sempre doente, sempre com alergias bizarras, doenças respiratórias, infecções, tonturas, fraquezas e por aí vai. Eu sei que pode parecer algo grave e triste, mas não é bem assim. Ele simplesmente é do tipo que odeia o colégio e curte uma doença. Pior: é filho único. Ou seja, quando ele fica em casa, doente, a tia Valéria entope ele de mimos. E não pense que ele fica na cama convalescendo e tomando sopa de aipo sem sal, nada disso. Fica vendo filmes, tuitando, baixando música, vendo merdas pra comprar no geek.com, lendo resenha de tênis recém-lançado (*sneakerfreaker!*), assistindo a videologs, esse tipo de coisa. Acho que quando ele fica de saco cheio, resolve que já está melhor pra voltar às aulas. Tia Valéria ainda pergunta: "*Tem certeza, meu amor? Você ainda está tão abatidinho... Vai que pega alguma bactéria no colégio?*" Doente é ela, juro. Não trabalha, não faz porra nenhuma da vida, nem o marido aguentou. Ela vive de rendas do pai e prefere ter o filho doente em casa do que sadio na rua. Vai entender. O perfume dela é tão doce que eu tenho que prender a respiração quando ela me beija. O Tatá é um santo. Aliás, foi ele quem me apresentou Radiohead. Aliás, foi ele quem me apresentou os B-sides mais incríveis que eu já ouvi. O Tatá acredita que tem uma missão na vida: me evangelizar no mundo da boa música. E esse é um dos principais motivos para eu aguentar todas as esquisitices dele. Ou você acha que é normal a pessoa higienizar os fones de ouvido com álcool gel toda vez que vai colocá-los na orelha? Comprar um enroladinho de queijo e presunto e jogar fora toda a massa só pra comer o recheio? Organizar as camisetas de banda por ordem alfabética no armário? Dar ao cachorro o nome de "Euclides"? Às vezes eu me pergunto se não é justamente por isso que somos amigos. Eu sei que muitas pessoas só gostam do recheio do salgado, mas não jogam o resto fora por medo de parecerem esquisitas, por medo de chamarem a atenção. E essas pessoas vão passar o resto de suas vidas se obrigando a engolir essa massa que odeiam para poder desfrutar do recheio sem que alguém olhe para elas com estranheza. Vão adotar maneiras e falas que vão contra sua própria natureza só para não se destacarem na multidão. E isso me dá repulsa.

Mas como foi que eu cheguei aqui? Ah, sim, o aniversário. Checo o celular. Nenhuma mensagem. Droga de aniversário. Por que eu simplesmente não consigo não ligar pra isso? Odeio admitir tamanha futilidade, até pra mim mesma. Quero um chocolate. Olho novamente para o celular. Ainda faltam quarenta e cinco minutos para a consulta.

O ar aqui está tão parado que eu me sinto presa dentro de uma fotografia.

"Você tem um isqueiro?", indaga uma voz atrás de mim.

Eu viro e me deparo com um homem de uns quarenta anos, alto, magrelo, pele queimada de sol, camiseta branca surrada, brinco de argola e uma mochila nas costas.

"Não, eu não fumo", respondo com um cigarro amassado e rabiscado entre as mãos.

02.

Não vale a pena contar em detalhes como eu vim parar aqui. Aliás, pensar nos detalhes certamente me faria encontrar alguma falha no meu comportamento, me faria enxergar algum momento em que tive a oportunidade de reagir, de tomar a arma daqueles pivetes ou simplesmente de fugir. Melhor deixar essas reminiscências para daqui a alguns anos, quando a minha memória começar a falhar e essa história ficar cheia de lacunas. Daí, na verdade, vou poder fantasiar sobre o que aconteceu e me convencer de que não havia nada que eu pudesse ter feito para evitar tudo isso.

Mas existe algo que realmente precisa ser dito: eu sou uma pessoa de sorte, e espero que ninguém duvide disso.

Este edifício tem dezoito andares, quatro elevadores, uns setenta escritórios, mais de oitenta secretárias com esmalte vermelho e, chutando baixo, umas quinhentas pessoas circulando por aqui entre duas e três da tarde. Um bando de encapuzados invade o prédio, assalta alguns escritórios e, na hora da fuga, quando aparentemente não há ninguém por perto, eles tiram os capuzes. Eu disse *aparentemente*, pois se eles tivessem o mínimo de atenção, perceberiam que eu estava ali, no canto, na companhia de um fulano que acabara de chegar para me pedir um isqueiro. Oitenta secretárias com esmalte vermelho, médicos, pacientes, executivos, advogados, representantes farmacêuticos, entregadores de suprimentos de informática, encarregados de manutenção, crianças estrábicas, desocupados em geral, por que logo eu tive que ver os camaradas tirando a droga do capuz? Volto a dizer, só posso ser uma pessoa de sorte. O que eles estavam pensando? Que eu ia sair correndo pra fazer o retrato falado deles na delegacia mais próxima? Quanta imaginação! Eles não podiam simplesmente ter saído correndo? E por que, por que eu não fiz nada?

Bem, talvez valha a pena mencionar que os três moleques tinham armas nas mãos, ao passo que eu tinha apenas um cigarro macambúzio (adoro essa palavra). Talvez eu deva acrescentar também que, se eu fui uma trouxa e não fiz nada, pior foi esse sujeito, com cara de professor de biologia deprimido, que tentou "dialogar" com os moleques. "*Que tipo de diálogo você espera estabelecer com três cérebros fritos no crack?*", intercedi sabiamente. Mas era tarde demais. Eles aproveitaram para levar nossos celulares, carteiras, o Ray-Ban e o relógio dele e, claro, o meu iPod. "*A mochila ninguém tasca, é de estimação. Não tem nada aqui, pode olhar.*" O mais velho deles, que devia ter a minha idade, revirou o interior da mochila com o cano de prata como se este fosse o décimo primeiro dedo das suas mãos. "*Aí, Fumaça, só tem merda aqui mesmo... Deixa a mochila com a mina.*" O comparsa dele colocou os fones do meu iPod no ouvido e, pelo visto, não gostou do que ouviu. "*Da hora o bagulho, mas só tem música merda também.*" Aquilo me irritou mais do que qualquer outra coisa. Mal sabia ele quantos dias da minha vida eu havia dedicado à organização daqueles álbuns e daquelas playlists impecáveis. Não havia um só incompleto: Beatles, Smiths, Nirvana, Nick Cave, Ramones, Dead Kennedys, Placebo, Radiohead, Franz Ferdinand, Libertines, Kings of Leon, Strokes, Lou Reed, The Black Keys, Belle and Sebastian, PJ Harvey... A minha vida inteira estava ali, nas mãos de um trombadinha de codinome "Fumaça", a caminho de um barraco de luxo em Paraisópolis.

Não, realmente não vale a pena contar em detalhes como eu vim parar aqui, trancada com um estranho no calabouço de um edifício comercial no Itaim, no dia do meu aniversário.

03.

"Quer um Trident?"

O que me irrita não é estar à espera de uma estúpida consulta psicológica que a minha mãe me obrigou a fazer, testemunhar um assalto e ser trancada num calabouço chamado "Almoxarifado" com um estranho total com cara de professor de biologia deprimido. Pra dizer a verdade, nem as mãos amarradas me incomodam. O que me irrita é alguém conseguir enxergar alguma coisa boa numa situação como esta e tentar ser seu amigo.

"Trident Intense Fresh...", consigo ler de longe a embalagem do chiclete que caiu quando reviraram a mochila dele e que agora forma uma trincheira entre nós.

"Não, valeu. Essa merda tem gosto de Gelol."

"Acho que por isso eles não levaram."

Rá-rá-rá.

Eu não tenho a menor vontade de interagir com esse cara. Não quero trocar ideia com alguém que ficou deprimido de tanto repetir uma aula sobre fagocitose. Aquela argolinha cafona na orelha direita me irrita. Ele não é exatamente bonito, mas deve se dar bem com as frívolas da idade dele. Putz, lá se foram os álbuns do Suede e todas as versões covers de "Smells like teen spirit", organizadas por ordem de lançamento.

"Ei, por que será que não nos amordaçaram?"

"Não teria sido má ideia", murmuro.

"Um amigo meu sofreu um sequestro relâmpago no ano passado e ficou cinco horas no porta-malas do carro. Pô, já pensou, cinco horas? Até que não estamos tão mal. Mas eles deviam ter usado corda em vez de *silvertape* pra amarrar nossas mãos. Não deve ser difícil rasgar essa fita..."

"Ah é? Então porque você tá amarrado ainda?"

"Você tem um canivete?"

"Cacete, tenho cara de trombadinha, que anda com canivete no bolso? Por que você não pediu emprestado para os nossos amigos? Ah, esqueci, eles não usam mais canivete pra assaltar, usam revólver!"

"Você tem sempre uma respostinha ácida pra tudo?"

Não respondo. Tiro o All Star surrado e mexo os dedos do pé, como que querendo despertá-los. Continuo a manobra e tiro também as meias. Pelo menos estou com o de cano baixo hoje, dá para tirar sem as mãos. Alguma coisa eu acertei. Porra, a discografia inteira do Dylan. Eu devia ter tentado negociar. Quem sabe se eu tivesse me oferecido pra transar com eles não teria ficado com meu iPod? Por que não tive essa ideia na hora? Acabo de perder a única coisa que tinha algum valor na minha vida. Percebo que meu colega de cativeiro me observa.

"Tá olhando o quê?"

"Seus pés..."

"Qual o problema? Estão te incomodando?"

"Não... são bonitinhos... delicados."

"Quer dizer que você é um desses retardados que tem fetiche por pés?"

"Qual é a tua, hein, menina? Estou só tentando ser legal."

"Desculpa, mas onde está a parte legal de ficar encarcerada com um estranho de aspecto deprimente?" Percebo que consegui deixá-lo atônito.

"Deprimente..."

"É, deprimente... Pra não dizer otário..."

"Deprimente... Otário... Já te ocorreu que eu posso ser um cara violento? Que não está a fim de ficar ouvindo isso de uma... uma..."

"Vai, solta... Você tá louco pra me xingar..."

"Olha... Você tem sorte de eu não ser um tipo agressivo."

"Ah é? E, se fosse, ia fazer o quê, todo amarrado? Me dar um golpe de cuspe? Ou me ofender até eu sangrar?"

"Qual é o seu problema? Você acha que eu não tenho nada melhor a fazer do que conversar com uma menina esnobe e malcriada?"

"É você quem está puxando papo..."

"Meu Deus... Estou há cinco minutos aqui com você e já estou arrependido de não ter sido levado para um cativeiro... sozinho!"

Penso em retrucar com alguma resposta inteligente, do tipo, "*corre que ainda dá tempo, eles devem estar terminando de estuprar uma das recepcionistas*", mas percebo que nada seria menos inteligente do que isso. Me calo.

"Vai ver que foram seus pais que armaram esse sequestro. Nem eles devem te aguentar."

Voilà. Então ele me acha desprezível: bem-vindo ao clube. Consegui fazer mais uma pessoa me odiar, simples assim, com meia dúzia de palavras atiradas ao vento. Viu como é fácil? Aliás, é infinitamente mais fácil fazer alguém te odiar do que te amar. Principalmente se o objeto sou eu. Acho que tenho esse estranho poder de causar raiva nas pessoas. Deveria estar me sentindo vitoriosa agora. Mas não, sinto como se tivesse um enorme caroço crescendo na garganta. Talvez estejamos próximos demais, deve ser isso. É fácil ficar indiferente se alguém te odeia a distância, mas assim, a poucos metros, parece que o desprezo vem feito uma faca apontada na tua direção. Engulo em seco, mas o caroço continua lá.

"Ei... garota... desculpa... acho que eu peguei pesado..."

Não respondo.

"Não achei que tivesse alguém aí dentro."

"Vai ver não tem mesmo. Ou vai ver eu sou fruto da sua imaginação."

"Você foi muito hostil, mas acho que eu fui pior... foi mal... Qual seu nome?"

Abandono o cinismo por alguns instantes.

"Sara."

"Prazer, Francisco", ele diz, dando um leve chute amistoso no meu pé direito.

NOTAS PARA TÍTULOS DE LIVROS-ROMANCES:

- Menos BeeGees e mais Nick Cave
- iFode
- Emoção Blindada.

04.

Passados alguns minutos depois que os garotos trancaram a porta, decidimos que já é seguro pedir ajuda. Francisco consegue rasgar a *silvertape* das minhas mãos com os dentes. Esmurramos a porta, gritamos e nada, ninguém aparece. Esmurramos também as paredes e as caixas de papelão cheias de catálogos de medicamentos que estão por aqui. Não que isso possa nos ajudar, mas precisamos descontar em alguém, então melhor que seja nas caixas do que na cara um do outro. Um intenso festival de gritos, murros e pontapés que não surte absolutamente nenhum efeito. É claro que se estivéssemos no almoxarifado de uma sala de concertos poderíamos ter espancado um piano e esmurrado um gongo e talvez aquilo fosse mais eficaz, mas não é o caso. Os profissionais do Palazzo di Nero não parecem interessados em música e muito menos em gente que se deixa sequestrar.

Outro dia, o trinco do banheiro da escola quebrou na minha mão e fiquei trancada. Durante alguns segundos, refleti sobre o que era pior:

a) Pedir ajuda a alguém, algo do tipo "*Ei, você aí fora, será que poderia me ajudar, eu sou tão idiota que me tranquei no banheiro!*" Neste caso, eu sairia dali ensopada de risos e seria alvo de comentários maldosos pelo resto da minha existência.

b) Passar horas ali trancada até que a faxineira abrisse a porta para limpar o banheiro, e então, quando alguém me visse sair depois de tanto tempo, espalharia que eu estava com diarreia. Ou cheirando cola. Ou ambos.

Naquele meio tempo, aproveitei para averiguar com mais detalhe a requintadíssima produção literária que as garotas deixam impressas com batom e delineador nas paredes do banheiro. Ninguém imagina o teor de perversidade das ideias produzidas por garotas de nome Ana Cláudia Bittencourt ou Priscila Pimentel, que usam Dolce&Gabanna e chegam ao colégio em BMWs conduzidas por motoristas. Acho que *Paty, sua arrombada do 2º C!* foi a frase mais delicada que consegui encontrar por ali. As frases eram adornadas por belas ilustrações que representavam as partes pudicas de homens, mulheres e até de um cavalo. Então, antes que eu vomitasse a coxinha que havia acabado de comer no recreio, escolhi a alternativa "c": chutar a porta com toda a força e rezar para que o golpe não matasse alguém que estivesse ali fora lavando as mãos ou retocando o batom. Foram necessários alguns chutes, mas, finalmente, consegui abrir a porta. Nem eu acreditei. Sai caminhando pelo pátio me sentindo o Bruce Lee. No entanto, neste exato momento, me sinto tão potente quanto uma lesma.

NOTAS PARA TÍTULOS DE LIVROS - UTILIDADES:

- Manual de ofensas gratuitas
- "Are you talking to me?" - reagindo a cantadas de baixo calão.
- 10 MOTIVOS para NÃO curar sua depressão.

05.

Passamos algum tempo em silêncio. Percebo uma marca de suor na camiseta do colégio. Sinto nojo de mim mesma. Por que eu tenho que suar tanto? Por que meu rosto fica brilhando o dia todo no colégio, mesmo usando aquele sabonete de enxofre que deveria ressecar até o meu cérebro?

Esse é o All Star mais legal que eu tenho, bege com cadarço e sola pretos. Não entendo como alguém pode ir de sapatilha rosa para o colégio. As meninas que usam sapatilha rosa, no entanto, não parecem transpirar como eu. Não imagino que bizarra relação seja essa entre o sapato rosa e o suor. Pelo menos eu acho que o meu cheiro é melhor do que o das meninas que usam Vans. Bem, mas também eu não sei andar de skate como elas. Aliás, eu não sei fazer porra nenhuma. Não, Sara, tocar Ramones no baixo não vale, não precisa de muito talento. Conseguir executar alguns golpes de kung fu também não serve pra nada, já que você não consegue nem se defender de um bando de pivetes. Saber a discografia dos Smiths de cor? Se você tivesse nascido na era pré-Google, isso talvez servisse para alguma coisa.

Será que alguém me mandou um SMS? Que merda ter o celular roubado bem no dia do aniversário. Ou não. Talvez tenha sido melhor assim. Eu corria o sério risco de passar o dia inteiro esperando por uma mensagem ou por uma ligação e não receber nenhuma das duas. Não consigo deixar de alimentar a fantasia idiota e infantil de que a minha mãe apenas fingiu que se esqueceu do meu aniversário e que, quando eu chegar em casa, vou encontrar uma festa surpresa. Rá! Essa é boa, Sara, conte mais uma. Você espera balões coloridos, chapeuzinhos da Hello Kitty e um bolo com velinhas também?

***

Além de minúscula, esta pocilga não tem janelas. Grande Sara, como este lugar poderia ter janelas se estamos no subsolo? Como ninguém teve a brilhante ideia de colocar aqui uma janela com vista para o fundo do estacionamento, uma janelinha básica, só pra permitir a entrada de monóxido de carbono no ambiente? Pelo menos tem luz, assim sempre teremos as lâmpadas pra quebrar na cara um do outro num momento de tédio. Eu odeio este lugar e eu odeio esse cara. Mas tudo bem, poderia ser pior. Eu poderia estar no meio do carnaval de Salvador.

The sun is high up in the sky and I'm in my car
Drifting down into the abattoir
Do you see what I see, dear?

O sol está lá no céu e eu estou no meu carro
A caminho do matadouro
Você vê o que eu vejo, querida?

("Abattoir blues", Nick Cave & The Bad Seeds, *Abbatoir blues*)

***

Francisco caminha em minúsculos círculos olhando à sua volta. Encosta o rosto na porta, como que tentando ouvir algo. Em seguida, agacha-se e tenta olhar pelo finíssimo vão entre a porta e o chão.

"E aí, alguma mulher pelada?", pergunto.

"Não sei pra que botar uma porta tão massuda num lugar desses. Ela deve ter uns quinze centímetros de espessura, parece porta de castelo. Não dá pra ver absolutamente nada do outro lado. E tudo isso pra que, pra guardar esse monte de tralha? E olha isso aqui", ele diz batendo nas paredes e produzindo um som baixo e seco. "Parece parede de cadeia antiga, feita de pedra! Ninguém nunca vai ouvir a gente. Por que não fizeram *drywall*?"

"Você é engenheiro ou só se acha?"

"Deve ter algum jeito...", fala baixo, me ignorando. "O MacGyver já teria saído daqui há muito tempo."

"Quem?"

"*Profissão: perigo!* Ah, deixa pra lá", diz e volta a se sentar. Noto que ele começa a me observar e viro a cara.

"Ei... Sara... Você estuda?"

"Não. Esse é o uniforme da Legião Estrangeira, me alistei no ano passado."

"Não começa, vai..."

"OK, estou na última fase de um longo processo de lobotomia que já dura doze anos..."

"Vai prestar vestibular logo?"

"Você não consegue ser mais criativo, não? Por que todo mundo me faz essa pergunta idiota? Sei lá, não sei o que quero fazer da minha vida ainda...", respondo, entrando automaticamente no *modo emburrada.*

"Estou perguntando porque você parece ser inteligente. Deve ter alguma ambição na vida."

"E por acaso alguém vai pra faculdade porque tem ambição? As pessoas vão pra faculdade pra usar drogas mais pesadas, encher a cara no boteco e praticar sexo inseguro com colegas, professores e vizinhos."

"E você não está a fim de nada disso?"

"Sabe aquele filme, *Na montanha dos gorilas*, em que a Sigourney Weaver vai viver com um grupo de gorilas na África para estudá-los e defendê-los? Então, eu queria fazer algo assim da minha vida... algo que não envolvesse muito contato com seres humanos. Prefiro os animais, são mais honestos. Pelo menos os gorilas. Se não vão com a tua cara, te estraçalham logo no primeiro encontro."

"Então você quer ser veterinária?"

"Nossa, como você é óbvio! Claro que não. Como veterinária eu acabaria trabalhando num pet shop administrando homeopatia para beagles com enxaqueca. Na verdade, eu pensei em estudar biologia marinha ou oceanografia porque acho que são cursos que podem me levar a trabalhar na produção de séries para o Animal Planet ou Discovery Channel."

"Gorilas no mar?"

"Sei lá, tanto faz, posso trabalhar salvando baleias ou tigres siberianos. Ou então investigar as bizarrices da natureza. Outro dia estava sem sono e fiquei assistindo a um documentário sobre o temperamento violento de certas formigas. Parece que tem uma tal de formiga-buldogue na Austrália que pode matar um homem com apenas uma ferroada. Eu estava com o laptop no colo enquanto assistia, daí joguei no Google (o pai de todos): "formiga buldogue austrália" e aí apareceu o trecho de um livro daquele filósofo... Schopenhauer? Acho que era esse, enfim, ele dizia que, quando você corta essa formiga ao meio, ela começa uma luta entre a própria cabeça e a cauda. A cabeça ataca a cauda com mordidas e a cauda se defende com o ferrão. A luta dura meia hora até que 'elas' morram ou sejam carregadas por outras formigas. Bizarro, não?"

"Qual é o livro?"

"*O mundo como vontade e como representação.*"

"Você leu?"

"Não. Baixei, mas não li. Além desse trecho, li apenas a primeira frase: *O mundo é minha representação.*"

"E você entende o que isso quer dizer?"

"Algo do tipo, se eu acho a minha vida uma merda, a culpa é toda minha, já que eu a imagino dessa forma."

"OK, mas você sabe que tem algo além disso..."

Não digo nada, mas, sim, eu sei, sei da capacidade que temos de mudar a representação que temos do mundo, assim como também sei da minha incapacidade de querer viver num mundo menos sombrio e pesado, já que eu tenho essa convicção de que uma vida leve é uma vida leviana.

A camiseta do Francisco é branca, mas é um branco usado, vivido, um branco que rompeu as fronteiras da gaveta, abriu as portas do armário e se lançou na vida. Eu me sinto como um branco ainda virgem de uma camiseta que não saiu nem do plástico da loja. Me faltam cicatrizes no corpo e na alma. O branco surrado, confiante e cheio de histórias da camiseta dele me faz perceber, pela primeira vez, que eu estou mais perdida do que imaginava. Que talvez não acredite numa palavra do que acabo de dizer a este estranho. Será que eu quero mesmo me afastar tanto dos seres humanos, e será que isso é possível? O fim das aulas pra mim é como o fim dos trilhos de trem diante de um abismo. Os últimos meses de aula vão passar com uma velocidade incrível e então eu vou sentir um puta alívio quando não tiver mais que acordar às seis da manhã todos os dias e aturar aquelas pessoas cretinas, seus sapatos cor-de-rosa, seus logaritmos e cálculos estequiométricos. Mas, e então, o que vai sobrar?

"Sabe, Sara... É impressionante como as pessoas da sua idade hoje são dependentes e imaturas. Quando eu tinha a sua idade, já trabalhava e morava sozinho."

"Falou, Mr. Baby Boomer."

"Quase. Sou de 1971. Geração X."

"Achei que você fosse mais velho."

"Obrigado, é muita gentileza sua."

"De nada. Acho que são as entradas."

"Vai chegar a sua vez, não se preocupe. Hoje, você passa horas diante do espelho, incomodada com as espinhas na testa. Um belo dia, você acorda e elas não estão mais lá. Foram substituídas por linhas de expressão. A transição não é suave, eu te garanto, é imediata, do dia pra noite."

"Você sabia que a maior concentração de baby boomers nos EUA está na Califórnia e que a maioria deles se chama James e Mary?"

"A sua cultura inútil me surpreende."

"Li no babyboomers.com."

"Você não devia estar fumando maconha ou transando escondido com o seu namorado na cama da sua mãe nas suas horas livres?"

"Talvez. Mas eu só queria entender por que a minha mãe é uma neurótica egoísta. Teoricamente, eu pertenço à geração Y, embora me identifique mais com a geração X, em especial com os *Slackers*.*"

"Por quê?"

"Entre outras coisas, as pessoas da chamada geração X se caracterizam pelos seguintes traços de personalidade: são cínicas, amorais, alienadas, pessimistas, descrentes nas instituições sociais, ateístas e infantilizadas."

"Bobagem..."

"Mas funciona! Então por que você acha que eu prefiro Nirvana a Paramore?"

"Ótimo termo... 'Funciona'... Querida, isso não é astrologia. São estudos desenvolvidos com um

---

* *Slacker generation* é uma expressão que significa geração da preguiça ou relaxada, uma variação do termo geração X, muito usado na década de 1990, que denominava uma geração marcada pela apatia. Além de ser um termo usado para se referir a uma pessoa que não trabalha ou tenta escapar de serviços militares. Academicamente podem ser considerados estudantes brilhantes, porém não se esforçam ou não se importam com estudos ou responsabilidades excessivas. Alguns também não se preocupam muito com a aparência ou higiene, vivem desempregados e raramente têm alguma relação amorosa. O termo ganhou popularidade nos Estados Unidos com a fala do personagem Biff, em *De volta para o futuro*: "*You've got a real attitude problem, McFly. You're a slacker! You remind me of your father when he went here. He was a slacker, too*". (Wikipedia)

único propósito: marketing. E eu nem sei que diabos é Paramore, mas você prefere Nirvana a Paramore porque Kurt Cobain se matou em 1994."

"E...?"

"E daí que combina muito com seu jeito cínico ter um ídolo que se matou no ano do seu nascimento."

Reflito por alguns segundos antes de responder.

"Você entende agora como a minha vida é difícil?"

NOTAS PARA TÍTULOS DE LIVRO

- ENSAIOS DE FILOSOFIA:

• Todos os poodles são racistas.

***

Eu não quero pensar no que vou fazer da vida. Eu não quero pensar na vida, eu odeio a minha vida. Mas talvez eu queira entender por que eu odeio a minha vida. Eu não tenho um câncer terminal, minha mãe não morreu de parto, meu pai não me espancava quando eu era bebê, não perdi as mãos num acidente de trabalho, não vivo no Haiti, não perdi minha casa e minha família num terremoto, não fui abusada ou violentada, nem tenho que comer calangos pra não morrer de fome.

Eu sei, não tem nada de errado comigo ou com a minha vida. Mas será que tem alguma coisa certa? Eu não sou boa em nada. Não componho como o Bob Dylan, não escrevo como a Virginia Woolf, não desenho como o Robert Crumb, não tenho o charme da Scarlett Johansson, não inventei o Facebook nem o Wikileaks, nem cozinho como o Jamie Oliver. Nem um nem outro. Eu sou simplesmente medíocre.

Don't you know that happiness
Is a warm gun mama

Você não sabe que felicidade
É uma arma quente, *mama*

("Happiness is a warm gun" – The Beatles,
The Beatles ou *Álbum branco*)

06.

Será que o Tatá já vai ter melhorado até sexta? Odeio dizer isso, mas espero que não. A gente tinha combinado de ir na Funhouse, mas, depois daquele incidente vergonhoso, não tenho vontade de pisar em nenhum lugar da Augusta e região. Pelo menos até a próxima encarnação.

Foi num sábado à noite. Eis que estávamos Tatá e eu bebendo uma cerveja na Augusta quando a Carol aparece com duas amigas (obs.: Carol é uma ex-amiga. Passamos o primeiro colegial grudadas, até que ela foi estudar numa escola pseudoprogressista, passou a me tratar que nem lixo e insinuar que eu era lésbica).

"Nossa, Sara, quanto tempo! Essa é a Amanda e essa é a Suzy."

"E aí...", respondo sem nenhum entusiasmo.

"Gente, lembra que eu falei de uma amiga do outro colégio? Então, é a Sara", ela diz para as amigas, que fazem tipinho *wannabe* Mallu Magalhães. Risadinhas discretas e olhares maldosos me julgam dos pés à cabeça.

"Ele está com você?", Carol diz fingindo não lembrar que o Tatá era o nerd da oitava série que ela esnobava. Nem me dou ao trabalho de responder.

"E aí, vocês vão fazer alguma coisa?", pergunta uma das nojentinhas que usa óculos quadrados e camisa xadrez.

"Estamos indo pra Funhouse", o Tatá se precipita querendo parecer *cool*.

"Ai, que legal, a gente também! O amigo da Suzy vai tocar hoje e colocou nossos nomes na lista!", emenda a Carol. "A gente se vê lá, então."

Nem preciso dizer que ela era a última pessoa com quem eu queria ficar trombando na noite. Pensei em ir pra casa, pensei em comprar um canivete pra retalhar a cara delas, mas tudo o que fiz foi tomar mais umas duas cervejas e entrar na Funhouse.

Lá dentro tomei mais umas tantas, cruzei com o trio de biscates mais algumas vezes e tudo parecia ir razoavelmente bem. Daí, eu vejo esse cara lindo entrando. Tá, ele não era exatamente lindo, mas é o tipo que me desconcerta. Como eu já estava meio bêbada, devo ter passado um bom tempo com cara de idiota olhando pra ele. E, misteriosamente, acontecia algo totalmente inesperado e altamente suspeito: ele olhava de volta. (Nota de esclarecimento: eu sou o tipo de garota invisível na balada, dessas que você só percebe quando esbarra e derruba um copo de cerveja em cima.)

Inocentemente pensei: "*Olha como a vida é justa, bem na noite que eu reencontro essa cretina da Carol um cara incrível resolve me dar bola*".

Bem, depois do show, lá pelas três da manhã, quando já estavam tocando as clássicas do The Cure, eu acabei ficando com o cara. Foi um desses momentos cheios de encanto, em que as palavras são desnecessárias. Vocês simplesmente são atraídos e se beijam na magia da noite. Rá. Muito boa. Eu devia ter intuído que alguma coisa ali não cheirava bem.

Chamei ele para tomar alguma coisa no bar e acabamos encontrando a Carol. Confesso que me senti por cima ao encontrar com ela tendo aquele cara segurando a minha mão.

"E aí, Sara, não vai apresentar seu amigo?"

Fiquei sem saber o que dizer, afinal eu nem tinha perguntado o nome dele, mas, e daí? Então ele se adiantou.

"Eu sou o Vi-vitor e vo-você?"

"Carol, prazer."

Que porra era aquela? Gago? E ainda por cima com voz fina? Eu sabia, era bom demais pra ser verdade! A Carol obviamente encontrou ali uma situação para me humilhar e resolveu puxar papo com o cara.

"Eu vi você conversando com o Paulinho, da banda, vocês são amigos?"

"Si-sim... O Pa-paulinho e eu já ti-tivemos u-uma ba-banda. Eu sou te-tecladista."

Pronto. Não faltava mais nada. Gago, voz fina e tecladista. Em seguida, chegaram Amanda e Suzy pra encerrar o espetáculo. Teria sido menos humilhante ser apedrejada nua em praça pública, juro.

Que me desculpem os gagos, mas dicção é fundamental, talvez dissesse Vinicius de Moraes. Eu devia ter sacado, como fui burra! O cara era muito incrível e estava muito fácil. Nunca me senti tão enganada. Não pelo fato de o cara ser gago, mas por não ter dito de cara. Ele podia ter se apresentado de outra forma, "*Oi, meu nome é Vitor e eu sou gago*", claro, tropeçando numa ou noutra letra e esticando as vogais mais do que o normal. Bem, mas isso não foi o pior.

Quando o trio de biscates resolveu sair de cena, cheias de sorrisos maliciosos, eu decidi que seria muito feio demonstrar que estava passada e simplesmente dar um perdido. Quis dar uma de educada e sem preconceitos e caí na besteira de pedir o telefone dele. Não que eu não fosse deletar o número assim que pusesse os pés fora dali, mas era uma forma de não parecer uma pessoa nojenta como a Carol, e que, no fundo, eu estava sendo.

"Sa-sara, não me-me leve a m-m-mal. Eu não quero co-o-ompromis-s-o com ni-ninguém nesse mo-o-mento. Vamos cu-curtir essa no-noite e só."

Ser esnobada com tamanho requinte foi a coroação de uma noite trágica. Sabe aquilo que chamam de trauma insuperável?

NOTAS PARA TÍTULOS DE LIVROS - ESPORTES:

- Bipolares x Borderliners
  A batalha do século!
  (edição totalmente ilustrada)

***

Eu sei que já comentei que essa sala é muito pequena, mas eu queria dizer que ela é muito pequena *mesmo*. Deve ter uns três metros quadrados, mas eu sinto como se estivesse numa caixa de fósforos. Cheia de palitos. Sem ar condicionado e internet banda larga. A temperatura lá fora deve ser de uns trinta e cinco graus, mas, aqui dentro, certamente já passou dos cinquenta. Quando eu reclamo do calor, minha mãe costuma dizer que sou eu mesma quem produz tanto calor. Ela diz que eu sou tão inquieta por dentro, que acabo tendo uma sensação térmica diferente da maioria das pessoas. Que gênio... Não sei de qual matéria da *Reader's Digest* ela tirou isso, mas alguém deveria investigar essa teoria mais a sério antes de publicá-la. Que droga, eu quero sair deste lugar! Distribuo mais uma série de chutes e gritos pelo ambiente e olho à minha volta em busca de um serrote para cortar os pulsos. Começo a sentir um leve incômodo na bexiga. Espero que eu não precise fazer xixi em breve.

"Filhos da puta!", desabafo, exausta. "Agora sim eu vou precisar de terapia... Começo a sentir os comichões da claustrofobia, da sociopatia e da piromania."

"Que horas são?"

"O que você quer agora, hein?", retruco sem nem prestar atenção à pergunta dele.

"Calma, só perguntei as horas..."

Então eu me sento, bufo e olho para o relógio de plástico que tenho no pulso.

"Três e quarenta."

"Merda..."

"Que foi?"

"Eu tinha uma reunião às três."

"Você não parece um homem de negócios..."

"Garota, nem só homens de negócios fazem reuniões. Um dia, quando você crescer, vai entender isso, tá?"

"Calma, não precisa descontar em mim só porque perdeu a sua reunião da... Herbalife? Ou será que era dos Alcoólicos Anônimos? Eles chamam de reunião também, não?"

"Desculpa, é que era uma reunião muito importante pra mim... Que dor de cabeça..."

"Afinal, o que você faz da vida?"

"Sou jornalista."

"Hum."

"O que quer dizer 'hum'?"

"Jornalista. Ponto. Não diz muito sobre o que você faz de verdade. Você tanto pode ser repórter do Vídeo Show quanto..."

"Trabalho num jornal", ele interrompe sem nenhum orgulho pelo que acaba de dizer.

"Nossa, quanto entusiasmo..."

"Quem pode se entusiasmar trabalhando na redação de um jornal popular de quinta?"

"E por que você trabalha lá? Ué, sei lá, sai, vai trabalhar em outro lugar."

"Não é tão simples assim. Ou você acha que tem uma vaga pra jornalista em cada esquina?"

"Bom, sei lá, daqui a pouco você enjoa e sai. A vida é assim."

"Estou lá há doze anos."

"Hum..."

"De novo... Você e esses 'hums'..."

"Acho que você é muito acomodado."

"Acomodado..."

"É, fica aí reclamando, *ai que dor de cabeça, ai, perdi a reunião, que trabalho de merda...* Pelo menos você tem opção. E eu que sou obrigada a assistir a aulas sobre o arcadismo no Brasil e o neoclassicismo mineiro? Se você está trabalhando numa porcaria de jornal, que ainda por cima te deixa com essa cara de cão sem dono, é porque quer!"

Nesse momento, percebo que a expressão de Francisco se altera. Ele fica absolutamente sério, morde sutilmente o lábio inferior e respira fundo, como que tentando conter uma resposta agressiva e com verdades duras sobre a vida. Por fim, desabafa.

"Isso é um problema meu. Você não sabe de nada. Pra você, hoje as coisas parecem muito fáceis. Acredite, Sara, eu já tive a sua idade, e não faz muito tempo. Nessa época, a gente realmente acredita naquilo que ouve dos outros: *você é jovem ainda, tem um mundo pela frente, não precisa se preocupar, você vai se encontrar.* Mas quer saber a verdade? Você é jovem por muito pouco tempo. Quando você menos espera, está engessado na vida, amarrado em compromissos por todos os lados. E seus sonhos... Bem, seus sonhos viram um adorno de estante. De vez em quando você se lembra deles, tira da estante, percebe que estão cheios de pó e volta a colocá-los no lugar, de preferência numa prateleira bem alta, para onde você quase nunca olha."

E eu então acabo de descobrir naquele estranho um lado amargo e triste, não só nele, mas na vida, algo tão possível e real que me assusta. Não sei o que dizer. As palavras dele não têm raiva, tampouco têm ânimo. *Você é jovem ainda, tem um mundo pela frente,* sim, essa eu já ouvi de todo mundo, dos meus pais, do meu tio Johnny, da terapeuta, do professor de natação, da dona Margarida (vizinha da minha avó), do dentista... Quanta falta de criatividade. Mas, pela primeira vez, alguém me diz justamente o contrário: *Sara, seu tempo está passando, você é jovem por muito pouco tempo,* e a convicção com que Francisco diz isso me assusta e eu tenho medo de me tornar alguém como ele, mesmo que eu nem saiba muito bem quem ele é. Tento mudar de assunto.

"E... e essa reunião que você tinha?"

"Sara..."

"Sim?"

"Esquece, tá?"

"O quê?"

"Essas coisas que eu falei... sobre futuro e tal... foi um monte de bobagens."

"Ah, imagina, nem liguei, já esqueci", respondo, mentindo. Ele ri.

"Eu sabia que você nem ia prestar atenção no que eu estava dizendo. De qualquer forma, acho que fui meio... meio agressivo. Foi mal. Eu não tenho o direito de jogar areia no seu futuro."

"Talvez não fosse má ideia. Meu futuro parece algo lamacento, uma dose de areia daria uma encorpada nele", digo com certa ironia. "Mas conte, e essa reunião?"

"Ah, esquece... Era uma bobagem."

"Você disse que era importante."

"Vai ver que perder essa reunião foi um sinal... Acho que tenho que parar de insistir."

"Continuo sem entender..."

"Eu tinha uma reunião com um editor que conheci outro dia, colega do redator-chefe do jornal. Ele se interessou por uns textos e... ah, bobagem."

"Você está fingindo que é bobagem agora. Devia ter visto a sua cara quando percebeu que tinha perdido a tal reunião."

"Como eu disse, vai ver foi um sinal. Sabe, estou há quinze anos tentando terminar um livro. Claro, não estou há quinze anos só escrevendo. Comecei, deixei na gaveta, alguns anos depois reli, achei bom, escrevi mais, daí achei uma merda de novo, joguei de volta pra gaveta... E os anos foram se passando."

"E por que você não termina de vez?"

"Não sei... Talvez falte entusiasmo... ou um objetivo... ou as duas coisas. Bem, o fato é que enviei uns trechos a esse editor e ele realmente se interessou. Acho que era o estímulo que eu estava precisando."

"OK, mas, para publicar o livro, você precisa antes terminá-lo, certo?"

"Essa é a parte complicada. Já nem sei mais sobre o que é o livro. Eu mesmo mudei tanto nesse tempo. Não consigo mais escrever como aquele cara de quinze anos atrás. Talvez eu deva desistir de vez."

"Você não está se boicotando?"

"Talvez."

"Por que você não... ah, não sei, por que você não escreve algo novo, fresco?"

"Mas e esse? Você acha que é fácil escrever trezentas páginas e, de repente, jogá-las no lixo?"

"Ah, sei lá, esquece, recicla, publica num blog. Se o cara se interessou por ele, é porque você escreve bem. Se escrever algo novo, é capaz que ele se interesse também."

"Não sei... Pode ser que você tenha razão. Nunca tinha me ocorrido simplesmente abandonar esse trabalho de vez."

"Pois é, mas do jeito que você fala, parece mais um martírio."

"Palavra muito bem escolhida, senhorita..."

"Viu como eu não sou tão cretina quanto demonstro ser? Mas... você não vai me contar sobre o que é o livro?"

"Já te disse, eu não sei mais *sobre o que é*... Mas a história começa assim: um homem acorda no telhado de uma casa. Está muito bem-vestido: terno impecável, gravata cara, sapatos lustrosos, rosto perfeitamente afeitado. É uma linda manhã de sol e ele acaba de descobrir um grande problema: não se lembra quem é, não sabe onde está e muito menos como foi parar no telhado daquela casa."

"E aí?"

"Bem, ele desce do telhado, não sem quase se esborrachar no chão, e tenta encontrar alguém na casa. Mas ela parece vazia. Caminha por algum tempo, atordoado, e não encontra ninguém pelas ruas. É uma cidade muito pequena, de poucas casas, algumas chácaras, um lugar totalmente desconhecido para ele. Decide então procurar alguma identificação nos bolsos do paletó, um cartão de visitas, o RG, a carteira de motorista, qualquer coisa. Percebe então que está usando uma aliança na mão direita. Ele a retira e lê as iniciais ali gravadas: A.M.J. Nos bolsos, não encontra nada além de um bilhete de ônibus da linha Belo Horizonte-Mariana, com um número de telefone escrito a lápis na parte de trás."

Silêncio.

"Ué, por que você parou? Continua, vai, tá interessante..."

"Bem, o resto são centenas de páginas em que esse homem tenta descobrir sua identidade."

"E ele descobre?"

"Não sei ainda. Mas a questão é que, enquanto ele está buscando descobrir quem é, vai se tornando uma outra pessoa. E vai chegar um momento em que descobrir quem ele é, ou era, não terá a menor importância."

"Taí..."

"O quê?"

"Eu leria o seu livro."

"Sério?"

"Uhum."

"Você deixaria de lado os romances de vampiro para ler o meu livro?", ele pergunta me provocando.

"Camarada, faça-me o favor... Olha bem pra minha cara e diz se eu sou o tipinho que lê romance de vampiro?"

"Não sei, mas você é um tipinho estranho... no bom sentido, é claro."

"E você às vezes é um tipinho irritante... no bom sentido, é claro."

"Pronto, voltamos à estaca zero..."

Mais silêncio.

"Não, agora é sério... por que você não consegue terminar esse livro?"

"Essa é uma pergunta complexa..."

"Não se acanhe, apesar de parecer leitora de romances de vampiro, eu sou capaz de compreender coisas complexas."

"É como eu te disse antes, comecei a escrever essa história há quinze anos. E, naquela época, plantei questões existenciais na cabeça do personagem que hoje já não fazem tanto sentido para mim, sabe? E daí parece artificial seguir em frente escrevendo sobre coisas em que não acredito mais." Ele faz uma pausa e continua, com um sorriso no rosto e em tom jocoso: "Coitado, meu personagem está ficando esquizofrênico."

"Ué, mas isso que está acontecendo na sua cabeça não pode ser o que acontece na cabeça dele? Pode ser que ele demore quinze anos para decidir abandonar o passado e, até lá, ele já vai ter deixado de acreditar no que acreditava antes."

"É o que possivelmente vai acontecer", ele responde, como se o que eu acabo de dizer fosse exatamente o que ele pensava.

"Tá vendo, resolvi seu problema, não era tão difícil assim."

"Adoro essa sua maneira simplista de ver as coisas, Sara..."

"Olha a malcriação..."

"É sério, tenho inveja de pessoas da sua idade por isso. Vocês não ficam se debatendo durante anos sobre o porquê da cor amarela da gravata daquele cara... É amarela e pronto."

"E é por isso que eu acho que devemos morrer jovens. Nada contra você estar vivo, *bro*, não me leve a mal. Aliás, você já viu aquele site theydiedyoung.com?", digo enquanto pego um caderno na mochila.

"Lá vem você..."

"Sério, esse site é bizarro, aliás, tão bizarro que foi desativado. Sei lá, devem estar tomando milhões de processos, mas, enfim, eles tinham um banco de dados de famosos que morreram jovens. E, além daquela moçada conhecida, Hendrix, Joplin, Morrisson, Karen Carpenter, Mamma Cass, Richie Valens, River Phoenix, Heath Ledger etcetera e tal, tinha uma seção de mortes recentes. Eu anotei os mais curiosos, era uma pesquisa de personagens para uma redação, você quer ouvir?"

"Eu tenho opção?"

09.05.2010 – ERICA BLASBERG †
Uma promissora golfista pela LADIES PROFESSIONAL GOLF ASSOCIATION, foi encontrada morta em sua casa, em Nevada. Ela tinha 25 anos. Causa de morte: Asfixia. Os investigadores concluíram: suicídio.

19.04.2010 – EDWIN VALERO †
Boxeador profissional venezuelano. Morreu em sua cela aos 28 anos. Ele havia sido levado à delegacia na noite anterior, acusado de matar a própria esposa. No dia seguinte, foi encontrado morto com uma foto de sua família na boca. Enforcado com as próprias calças jeans.

02.11.2010 – SHANNON TAVAREZ †
Talentosa performer da Broadway, morreu após uma batalha de toda a vida contra a leucemia. Ela estava em cartaz com "O REI LEÃO". Tinha 11 anos e nunca pôde encontrar um doador de medula compatível.

"Acho que nosso senso de humor não é compatível... Não estou achando isso muito divertido."

"É, você tem razão...", digo folheando o caderno em busca de alguma coisa interessante. "Ah, sim, manchetes bizarras que eu coletei de blogs americanos de notícias policiais. Essas são divertidas, juro:"

"Homem é flagrado se masturbando no cinema durante filme de Harry Potter."

"Mulher tenta vender filho pela internet para pagar prótese mamária."

"Idoso é acusado de estupro de girafa de pelúcia."

"Ex-bombeiro que ganhou 12,8 milhões de dólares por invalidez é pego dançando."

"Homem é preso após fugir da polícia em cortador de grama motorizado."

"Jovem diz ter câncer e usa doações para viajar à Disney."

"Calma aí, isso não é verdade..."

"É sim! A matéria diz:"

"A canadense Ashley Anne Kirilow, de 23 anos, chegou a raspar a cabeça e as sobrancelhas e parar de comer para parecer que estava fazendo quimioterapia."

"Você está começando a parecer uma garota muito simpática e normal, Sara..."

"Ouve essa, é uma das minhas favoritas:"

"Mulher vende rim para comprar ingresso de show do Paul McCartney."

"Minha nossa... Quanta criatividade... Poxa, que pena que você era muito menina para ler o *Notícias Populares*, era a sua cara..."

"Calma, tem mais:"

"Acusado de comer hamburguer em greve de fome ganha indenização."

"Jogador cai morto em campo – e leva amarelo por simulação."

"Homem invade casa e liga para polícia para pedir abraço."

"Coitado..."

"É... Sabe que eu também senti pena desse cara? Imaginei um cara de uns cinquenta anos, corretor de seguros, solitário, com a cabeça redonda e careca, um tipo que come um pote de sorvete napolitano por dia e que coleciona DVDs de séries de TV tipo *Seinfeld*."

"Como você é má..."

"O que você faria se fosse o policial que atendeu o chamado?", pergunto.

"Bem, isso depende muito. Se eu fosse um policial trabalhando na madrugada de São Paulo, provavelmente desligaria o telefone e daria prioridade aos assaltos, incêndios, sequestros, assassinatos, tiroteios e demais ocorrências corriqueiras da cidade. Mas se eu estivesse no interior do Kentucky..."

"O quê? Você iria até lá dar um abraço no cara?"

"Ah, sei lá, se eu não tivesse nada melhor pra fazer... Acho que um abraço não, vai, mas talvez..."

"Um aperto de mão? Uma surra?"

"Acho que o convidaria para um café", Francisco diz com um certo sarcasmo embutido.

"E depois eu que sou má? O *Seymour* te liga pedindo um abraço e você paga a ele uma xícara de café!"

"Se você me ligasse pedindo um abraço e eu te convidasse para tomar um café, você ficaria ofendida?"

"Ofendida não, mas se eu liguei pedindo um abraço é porque quero um abraço. Café é fácil, você compra no mercado e guarda no armário. Quando quiser tomar, é só abrir o potinho e misturar na água quente, não precisa de ninguém. Uma pena que ainda não inventaram abraço solúvel."

"Mas me conta uma coisa, o que você estava fazendo aqui no prédio? Os seus pais devem estar sentindo a sua falta, não?"

07.

"Às vezes parece que a vida está vestida de branco, e é como se eu abrisse o meu armário e só encontrasse roupas pretas."

"Você já disse isso pra sua terapeuta?"

"Dra. Letícia? No topo daquela montanha de carboidratos mal processados, repousa uma cabeça redonda, de sorriso sempre amigo e olhos pacientes, calmos e compreensivos. Não importa o que eu diga, ela nunca pensa sobre o assunto, sempre tem uma resposta pronta, com base no quadro clínico que desenhou pra mim logo na primeira sessão..."

"Sara... Me conte, como foi a sua semana?"

"Um lixo."

"Hum... Me conte mais..."

"Fui a uma festa na sexta. Enchi a cara de vinho barato. Fui até a pista (estava tocando Lady Gaga, ou seja, nem preciso descre-

ver muito o ambiente...) e falei pro André que queria dar um beijo nele (eu sei, cretina, cretina, cretina...). Ele disse que não entendeu, eu repeti em alto e bom som. Uma puta que estava ali do lado ouviu e deu uma risadinha, ele fingiu continuar sem entender, daí fingiu que o celular tocou (detalhe: ele não ouviu o que eu disse mas ouviu o celular tocar...) então simulou uma conversa, fez um sinal de 'já-volto' pra mim e desapareceu na noite. Enxuguei mais uma garrafa de vinho com o Hasan, o intercambista jamaicano que vende maconha para a oitava série. Daí comecei a pensar em homicídio, queria arremessar uma carteira na cabeça do André durante o recreio, mas então eu sou tão idiota que ficaria com pena ao vê-lo sofrendo, então pensei em suicídio, afinal, quem ficaria com pena de mim? Acho que eu tenho a alma de um coveiro."

(Silêncio constrangedor. Grandes olhos amendoados e compreensivos brilham à minha frente. E então um doce sorriso se abre para me reconfortar.)

"Sabe, Sara... todos nós... em algum momento de nossas vidas... agimos como coveiros, sepultando dia após dia as nossas dores..."

"Dra. Letícia parece ser realmente uma mulher muito sábia..."

"Tem mais:"

"Sara, hoje nós vamos trabalhar a sua auto-estima. Me conte um pouco sobre o que você vê quando se olha no espelho."
"Um atum enlatado."
"Interessante. E por que?"
"Porque acho que a minha carne foi ralada, colocada na salmoura e comprimida dentro de uma lata de 120 gramas."
"Mas você consegue identificar as diferenças entre você e o atum em lata?"
"Claro. Eu pelo menos consegui que me enlatassem com a cabeça."

"Ok, Sara, agora eu fiquei com pena dessa mulher... Você não está fazendo terapia, está se divertindo às custas dela."

"Ah é? E o que você responderia se te perguntassem: *você consegue identificar as diferenças entre você e um atum em lata?*"

"Bom, mas você não me contou, por que está fazendo terapia?"

"Dizer coisas como *acho que tenho a alma de um coveiro*, para a minha mãe denota uma patologia que só um profissional altamente capacitado está apto a tratar, alguém como doutora Letícia. Mas é claro que eu recusei o 'tratamento'."

"Nem precisava dizer..."

"Então foi necessário me ameaçar com a suspensão da minha mesada, o que não foi persuasivo o suficiente, já que eu lembrei a ela que sempre restaria a opção de me prostituir na porta da escola para ganhar alguns trocados."

"E aí?"

"Ela então usou de um artifício maquiavélico para me convencer: o suborno. *Se você fizer terapia, te dou um iPod novo. Se você parar, eu tomo ele de volta.* Infalível."

"Hum... Psicologia familiar bem sofisticada. Mas, olha, essa história de coveiro... Você nem é gótica ou... sei lá, *dark*..."

"Não mesmo. Não sou adepta a modismos. Na verdade, não sinto muita necessidade de expressar meus sentimentos."

"Daí você age feito uma cínica insensível para que as pessoas pensem que você não tem nada por dentro...?"

"Eu não me acho uma cínica insensível. Vai ver que é pelo meu jeito de falar. Isso é só um... um sotaque."

Risos.

"Olha. Sara, dizer que você tem alma de coveiro ou que você vê um atum em lata quando se olha no espelho não é exatamente como puxar um *erre* ou dizer *passshtel* em vez de *pastel*."

"Você me entendeu... E, falando em *dark*, não é um tanto óbvio você se vestir todo de preto para dizer a Deus que acha a obra dele uma merda? Sei lá, acho que se eu quisesse expressar desgosto ou revolta, andaria por aí com... com uma fantasia do Bob Esponja."

"Afe... Já vi uns trechos na TV, esse cara parece nojento. Mas é um sucesso, não?"

"Nojento? O que tem de nojento uma esponja do mar gay com voz sempre gripada que usa gravata para trabalhar como chapeiro numa lanchonete decadente?"

"Eu desisto, você é muito rápida pra mim. De qualquer forma, voltando a você, não acho que tenha alma de coveiro. Aliás, bem preconceituosa essa sua afirmação, não? Você acha que a alma de um coveiro é muito diferente da de alguém como... como o seu pai, por exemplo?"

"Não, claro que não. Meu pai é advogado, é pior que coveiro. E olha, pra dizer a verdade, eu nem sei se acredito em alma."

"E, pra dizer a verdade, eu acho que você deveria elaborar melhor as suas metáforas."

OK, talvez ele não seja um idiota total. Professor de biologia não é, mas é deprimido. Não, eu não disse que ele *está* deprimido, disse que ele *é* deprimido, é bem diferente. Você pode *estar* deprimido e isso é como um estado de espírito, mas que passa, nem que você tenha que frequentar sessões da doutora Letícia ou se entupir de Prozac. Quando você *é* deprimido, no entanto, é como um traço da sua personalidade. Está lá desde que você nasceu e provavelmente vai te acompanhar até a morte. Ainda não descobri qual é o meu caso.

NOTAS PARA TÍTULOS DE LIVROS

- GASTRONOMIA:

• Quitutes tradicionais com Rivotril
e outras delícias da cozinha contemporânea

08.

A primeira vez que fui à Galeria do Rock foi com o Uncle Johnny, ou tio João, para minha mãe (claro, não dá pra chamar de "tio João" um cara que te ensinou tudo sobre a história musical de Manchester quando você tinha dez anos de idade e te ofereceu maconha quando você tinha doze). E tudo o que eu tenho a dizer é que amo aquele lugar. Adoro o cheiro de tecido barato das lojas de camiseta, o pó das lojas de vinil, as escadas rolantes sempre quebradas, o X-tudo a dois reais com suco radioativo incluso, as vitrines forradas de All Star, os pôsteres do Iron Maiden enquadrados, os colares de caveira e os bonecos do Ozzy Osbourne com a cabeça maior que o corpo. Não sei nada sobre a história da galeria, mas acho incrível o sucesso de um lugar com tamanha concentração de gente estranha. Não sei se uma Galeria do Pagode ou do Sertanejo Universitário teria tanto êxito.

Foi numa sexta à tarde. Uncle Johnny apareceu de surpresa pra me buscar na escola. Fomos de ônibus até o centro, descemos na praça Ramos e caminhamos alguns metros até a entrada. "*Desculpa, Sara, eu devia ter te trazido antes. Quanto mais cedo você parar de ouvir 'O sapo não lava o pé', melhor pra sua saúde mental*", ele disse segurando a minha mão assim que começamos a subir as escadas rolantes, que naquele dia pareciam funcionar sem problemas. Acho que eu devia ter uns sete anos e uma tiara da Hello Kitty na cabeça.

OK, eu não vou romantizar essa história e dizer que foi uma *life changing experience*. Aliás, eu me lembro de muito pouca coisa daquele dia. Além de perder o agasalho da escola e tomar uma bronca da minha mãe horas mais tarde, lembro apenas da capa do CD que o Uncle Johnny colocou nas minhas mãos: nela havia um soldado e em seu capacete estava escrito *Meat is murder*. The Smiths. O dono da loja em que estávamos era amigo dele e colocou um fone enorme na minha cabeça para eu ouvir a primeira musica do álbum. "The headmaster ritual" ainda é, até hoje, uma das minhas músicas favoritas dos Smiths.

I wanna go home
I don't want to stay
Give up education
As a bad mistake

Eu quero ir pra casa
Não quero ficar
Desista da educação
É um erro grave

("The headmaster ritual", The Smiths,
Meat is murder)

Agora uma breve confissão: pensei várias vezes em fugir de casa e ir morar com o Uncle Johnny em Campinas. Mas, sabe como é, um porra-louca que, aos trinta e sete anos de idade, vive de bicos, não consegue terminar o mestrado e ainda tem uma banda de garagem como projeto de vida, é algo um tanto assustador. Já me imaginei morando na casa dele, e, por cinco minutos, tudo pareceu divertido. Daí lembrei dos barbudos que eventualmente pousam por ali, da geladeira com salame ressecado e manteiga vencida, das latinhas de cerveja pelo chão, da fumaça de haxixe na sala, e me dei conta que, afinal, morar com os meus pais não é assim tão ruim. Eu sei, eu sei, viciada em conforto e comodidades. Kurt Cobain nunca iria querer ser meu amigo.

***

"Ei, você, eu já te falei que estou escrevendo um romance épico?", falo de repente.

Ele está com a cabeça encostada na parede e mantém os olhos fechados. Vejo apenas um leve sorriso se abrir e seus lábios se moverem alguns milímetros, parecendo dizer *Ai, meu Deus...*

"É sério."

"Eu não estou duvidando... Só estou tentando imaginar o teor desse romance. Você pretende publicá-lo?"

"Tá vendo? Você não está me levando a sério."

"Claro que estou, estou inclusive perguntando se você vai publicá-lo."

"É lógico que não. Isso é tipo um hobby, algo para que eu não enlouqueça. Eu poderia escrever um diário, mas isso é uma coisa meio do século passado, saca? Acho que minha vó escrevia um diário... De qualquer forma, acho que seria muito mais deprimida se toda noite fosse descrever num pedaço de papel a merda que foi o meu dia e a merda que é a minha vida."

"Por que você não escreve um blog?"

"Eu odeio pessoas que escrevem blogs, não gostaria nunca de me tornar uma delas. Aliás, eu não sei se odeio mais as pessoas que escrevem blogs ou as que leem blogs."

"Você odeia muita gente, esse é o seu problema."

"Esse é o menor dos meus problemas. Enfim, nem diário, nem blog, resolvi escrever um romance épico."

"E posso saber do que se trata?"

Guardo o caderno de história, pego o de matemática e começo a folheá-lo.

"Não vá me dizer que você escreve no caderno?!"

"Claro, onde mais vou escrever durante as aulas de matemática? Aliás, o que mais eu poderia fazer durante as aulas de matemática?"

A VERDADEIRA HISTÓRIA DE

SANTA SORAIA DOS DIAMANTES PERDIDOS

Capítulo 01

A IMIGRAÇÃO DE SANTA SORAIA
OU A SÍNDROME DO EXCESSO DE "IS"

Até os dias de hoje, existem muitas controvérsias na Igreja Católica a respeito da santidade de Santa Soraia dos Diamantes Perdidos.

Nasceu como Irina ~~Petranova~~ Ivanova, em meados de 1845, num vilarejo na região de Vologda Oblast, Russia. De familia muito pobre, nunca conheceu seu pai. Vivia com a mãe, Petra Ivanova, nos fundos da casa dos patrões, um casal de comerciantes árabes.

Irina não tinha brinquedos e gostava do cheiro de madeira podre das vigas do telhado. Quando chovia, a casa ficava cheia de formigas e Irina distraia-se matando os insetos com a parte de trás da colher.

Aos seis anos de idade, Irina ficou órfã e foi adotada por Ahmad e Rana. Em 1849, porém, com a grande enchente do rio Yenisey, Ahmad e Rana se viram obrigados a voltar a seu país de origem e começar a vida do zero. Irina, porém, nunca se esqueceria da imagem do cachorro Vladimir sendo arrastado pela fúria das correntezas.

De volta à Síria, Ahmad e Rana passaram a plantar ~~hortaliças~~ repolhos. Quando conseguiam carne, comiam carne com repolho, quando não, comiam repolho, apenas.

~~Ele era~~ Ahmad era um homem peculiar, ~~estranho.~~ cheio de manias, e nunca havia tolerado muito bem o nome Irina. "Não gosto da letra "i", me causa mal-estar, é como uma agulhada. Irina me agulha duas vezes sempre que tenho que ~~chamá~~-la chamá-la para terminar as tarefas domésticas", pensaria em silêncio, na cama, durante a digestão dos repolhos. Em poucos dias, após dezenas de agulhadas pelo corpo, Ahmad iria ao tabelião e trocaria o nome de Irina para **Soraia**.

"Tem mais?"

"Sim. Mais algumas centenas de capítulos."

"Você é maluca mesmo. Estão todos aí nesse caderno?"

"Não. Tem alguns no meio das matérias de química. Já deu pra perceber, né, que tenho coisas mais importantes pra fazer na vida do que estudar a Lei Geral dos Gases."

"Você poderia ser escritora. Acho que escreve melhor que eu."

"Já falei, é só um hobby, eu preciso fazer alguma coisa durante as aulas. Não quero terminar como a minha irmã. Aliás, você tem irmãos?"

"Não."

"Não sente falta?"

"Não."

"Mentira. Como alguém pode não sentir falta de não ter um irmão, por pior que ele seja?"

"Desculpe, mas quem te deu a liberdade de me chamar de mentiroso?"

"Tá na cara."

"Você é tão sábia... Não sei por que tá fazendo terapia."

"Eu já te falei por que faço terapia, não mude de assunto. Olha, eu vou te contar uma coisa, ter um irmão ou irmã, ou uma porrada deles, é uma merda. Você tá sempre se comparando, fica com ciúmes dos seus pais, com inveja porque eles são melhores que você... Mas, pior ainda, é não ter nada disso. Sei lá, sem irmãos você nunca se sente por baixo."

"E isso por acaso é ruim?"

"Claro! O melhor de se sentir uma merda é poder se sentir melhor depois."

"Nossa, eu fico admirado com a *finesse* das suas ideias."

"Você entendeu... "

"Ah, sei lá, Sara, a minha vida foi essa, não tive irmãos e pronto. E eu não precisei deles pra me sentir melhor. Pra isso servem os amigos."

"Entendi... Você é daqueles caras que vive cercado de amigos solteiros convictos. Sim, porque amigo casado é amigo morto, tô errada?"

"Sim e não. Sim, amigo casado é amigo morto. E não, eu não vivo cercado de amigos."

"Nossa, como você é amargo!"

"Amargo, deprimido, otário, acomodado... Faltou algum elogio?"

"Mal-humorado?"

Ele respira fundo. Deve estar pensando se me dá um murro agora ou se espera a vontade crescer mais um pouco.

"Olha, eu tenho alguns colegas, uns... conhecidos. E é isso. Amigo mesmo eu só tive um."

09.

Hernandez

Assim que saí da faculdade, em 1989, fui fazer estágio na redação do *Diário Popular*. Eu era o típico jornalista recém-formado daquela época: esquerdista, idealista, sonhador, boêmio. Morava num apartamento na Santa Cecília com um casal de lésbicas – uma estudante de pedagogia e a outra professora de ioga, tradicionais frequentadoras do Ferro's Bar*. Eu não tinha um puto pra nada, três meses antes havia abandonado o emprego de arte-finalista numa gráfica mequetrefe do bairro.

---

* "Na geografia da marginalidade paulistana há um lugar reservado para o Ferro's Bar, bar do centro da cidade que, durante muito tempo, foi o principal ponto de encontro das lésbicas. Não raro, mulheres movidas a ciúmes e álcool produziam, naquele ambiente enfumaçado e de comida duvidosa, madrugadas memoráveis de pancadaria." (Gilberto Dimenstein – *Folha.com*)

Achei que aquele estágio no jornal, além de me tirar do sufoco, fosse ser o início de uma grande carreira.

O meu primeiro chefe foi um argentino mal-humorado chamado Hernandez. Era magro, de aspecto doentio, fumava feito uma chaminé dentro da redação, tinha a testa sempre enrugada, dentes amarelos e um bigode grisalho. No entanto, vestia-se na maior elegância para trabalhar: calça de lã fina, camisa de algodão engomada e sapatos bem engraxados. No inverno, colete de lã e chapéu. Não me lembro de vê-lo sorrir com frequência.

Nos primeiros meses, nunca me chamou pelo nome. Era *boludo** pra cá, *boludo* pra lá. Quando eu estava meio desocupado, folheando um livro pela redação, ele chegava por trás, me dava um leve tapa na cabeça e finalizava com um cordial *Que haces, boludo?*

Num raro dia de calma na redação, o Hernandez me chamou para tomar uma cerveja no boteco em frente. Aceitei desconfiado. Depois de uns dez copos de cerveja, eu já havia virado fã daquele velho ranzinza. E acabamos conversando sobre a minha vida, meus sonhos. Contei a ele que tinha

---

* "*Boludo* é o impropério argentino *par excellence*, que indica o 'idiota', 'imbecil', 'tonto', 'panaca'. A expressão-insulto – a preferida na Argentina – designa aquele que possui 'bolas' (testículos) grandes. No entanto, não se trata de uma explicação anatômica, mas, sim, uma referência à substancial falta de inteligência da pessoa insultada." (Ariel Palacios – *Estadão.com.br*)

me tornado jornalista para trabalhar como correspondente de guerra. A princípio, ele riu, me chamou de *boludo*, deu um tapa nas minhas costas, pigarreou, tossiu e por fim disse que, se eu quisesse, ele me ajudaria a chegar lá.

Nos tornamos grandes amigos. Aliás, acho que ele era meu único amigo e vice-versa. Passávamos noites em claro conversando e bebendo uísque falsificado no apartamento dele na alameda Olga, na Barra Funda.

Em maio de 1990, quando Saddam Hussein começou a campanha de pressões contra o Kuwait por conta do comércio de petróleo, eu já havia sido efetivado no jornal.

Passei semanas acompanhando as negociações entre Iraque e Kuwait e alguma coisa me dizia que aquilo não terminaria bem. O jornal tinha um colaborador por lá, mas eu sabia que aquela poderia ser a minha grande chance. Eu era jovem, não tinha nada a perder, e estava disposto a enxergar a miséria humana em seu estado mais puro, ou seja, durante uma guerra. Eu propus ao Hernandez uma série de reportagens especiais sobre os conflitos no Oriente Médio, mas ele não dizia nada. Andava esquisito nos últimos meses.

Em agosto, as tropas iraquianas invadiram o Kuwait e eu tomei a decisão de passar por cima do Hernandez e falar diretamente com o diretor sobre a minha ida ao Oriente Médio. Era uma quinta-feira. O Hernandez não havia ido trabalhar. Eu falaria com o Nascimento no dia seguinte pela manhã. Mas, antes, resolvi passar na casa do Hernandez para ver se estava tudo bem e para comunicar a ele a minha decisão.

Era um prédio antigo, sem porteiro. Toquei algumas vezes o interfone que ficava na rua, mas ele não atendeu. Aproveitei a saída de uma mulher cheia de crianças para entrar no prédio. Bati na porta dele insistentemente e, depois de alguns minutos sem responder, ele apareceu. Pela primeira vez, eu vi aquele homem sem seus sapatos e sua camisa. Usava um short surrado e um par de meias desgrenhadas. Fumava calmamente. Me convidou para entrar. Eu fui logo dizendo por que estava ali. Ele olhou para mim sem demonstrar surpresa e disse: "*Você não precisa falar com o Nascimento. Já está tudo certo, garoto. Daqui a alguns dias você vai para o Iraque*".

Fica difícil hoje descrever o que senti naquele momento. Foi um misto de excitação e pavor. Eu sabia que aquele seria o maior desafio da minha vida até então, e Deus sabe o quanto eu havia desejado estar lá mais que qualquer coisa. No entanto, o Hernandez parecia totalmente indiferente. Cheguei inclusive a pensar que ele podia estar sentindo um pouco de inveja, sei lá, da minha juventude, ou daquele meu sonho. Finalmente, perguntei por que ele andava tão estranho. Até hoje me lembro exatamente de suas palavras: "*São as ondas do rádio, boludo*".

Ondas do rádio? O que ele queria dizer com aquilo? Só depois de mais algumas perguntas e respostas evasivas, descobri que as tais ondas eram da sessão de radioterapia. Hernandez tinha um câncer em estado avançado nos pulmões e havia feito a primeira sessão de tratamento. Fiquei em choque.

A decisão que tomei a seguir não foi nada fácil. Passei algumas noites sem dormir, absolutamente atormentado. E confesso que, até hoje, penso sobre como as coisas teriam acontecido na minha vida se eu tivesse escolhido um caminho, e não outro. Mas, de qualquer forma, nunca me arrependi do que fiz. E tenho certeza de que ele, no meu lugar, teria feito o mesmo.

Assim, abri mão de assistir à carnificina da guerra para segurar a mão de um amigo que estava em plena batalha pela própria vida.

Os meses subsequentes se passaram com uma velocidade assombrosa. O Hernandez não tinha absolutamente ninguém e aquelas sessões de radioterapia estavam, pouco a pouco, acabando com ele. Quando dei por mim, havia abandonado a minha própria casa e dividia meu tempo entre a casa dele, o hospital e a redação. "*No fuiste a la guerra y ahora tienes que cuidar de um viejo moribundo... que boludo eres!*", disse algumas vezes. Talvez a guerra tivesse sido mais fácil. De qualquer forma, no Kuwait ou em São Paulo, naquele ano eu teria que olhar para a morte muito de perto.

10.

"Ele morreu?"

"Sim, alguns dias antes do fim da guerra. Me lembro de ouvir no rádio de uma padaria a notícia sobre o cessar-fogo assim que saí da missa de sétimo dia."

"Então você nunca foi pra guerra?"

Ele não responde imediatamente. Seu olhar parece distante e vazio.

"O Hernandez não teve nada a ver com isso. A decisão foi absolutamente minha. Acho que amadureci uns trinta anos durante aqueles meses. Não, eu nunca fui pra guerra."

"Ele não tinha ninguém, ninguenzinho?"

"Não."

"Mas e o jornal? O que aconteceu? Te mandaram embora?"

"Aquele ano foi uma grande nuvem cinza na minha vida. Parece que as coisas foram acontecendo sem que eu tivesse muito domínio sobre elas. Fiquei um tempo meio perdido, sem saber o que fazer, morando na casa do Hernandez em meio ao monte de tralhas que ele havia acumulado durante a vida. Acabei saindo do jornal, tive algumas desilusões amorosas, uma fratura no joelho e pouco ânimo para decidir qualquer coisa. Morei um tempo com um primo que estava noivo, depois com a minha mãe. Daí pensei em tentar a vida na Europa, tinha uns conhecidos na Espanha, e foi então que apareceu uma oportunidade como jornalista no caderno de cotidiano de um jornal novo, voltado para as classes B e C. Topei."

"Uau..."

"E você sabe que hoje, falando sobre tudo isso, parece que foi ontem que eu tinha a sua idade? Que saí do colégio para entrar na Cásper Líbero querendo ser um grande jornalista?"

"É, você deve ser muito frustrado."

"A frustração faz parte da vida quando se tem expectativas. E é por isso que eu deixei de ter expectativas. E por falar em expectativas, por que você disse que não quer ser como a sua irmã?"

11.

Ana Laura

A Ana Laura é seis anos mais velha do que eu. Ela namorava o Marcelo desde os catorze anos de idade. Como ela conseguia? Quando eu tinha catorze anos, mal conseguia beijar alguém, imagine engatar um namoro que duraria anos. Pra dizer a verdade, eu sempre achei o namoro deles um tédio. Imagine, eles cursavam o primeiro colegial na mesma escola, na mesma classe. Faziam todos os trabalhos juntos, estudavam para as provas juntos, passavam os recreios juntos, e, aos finais de semana, não preciso nem dizer, né? Era um grude só, eu via eles no sofá de casa e queria vomitar, os dois com aquela testa oleosa, aparelho nos dentes e de mãos dadas assistindo a algum documentário sobre a vida de um americano bem *trash* no Biography Channel, do tipo, *Mary Ellen – a vida trá-*

gica de uma garota com distúrbio peroxissômico no interior do Texas. Ah, sim, e eles também combinavam a cor da borracha do aparelho. Quando ela colocava rosa, a dele tinha que ser azul. Quando a dela era verde, a dele tinha que ser amarela. Vá entender. Eu só sei que quando via aqueles sorrisos coloridos com resto de comida na hora do almoço rezava para nunca ter um namorado.

Os anos se passaram. No final do terceiro colegial, eles estavam doentes de tanto estudar. Ana Laura queria fazer direito na São Francisco e o Marcelo, engenharia aeronáutica no ITA. Nessa época, eu já estava no Álbum Branco dos Beatles, enquanto o Fresno gravava alguma merda do tipo *Desligue o rádio e a TV porque no seu domingo eu vou aparecer.*

E foi nessa época que eu dei graças a Deus que a Ana Laura parou de ouvir sertanejo universitário para se dedicar somente às audioaulas de física e matemática aplicada. Eles continuavam a fazer tudo juntos, com a diferença de que, agora, tudo o que faziam era ir para o colégio e, à noite, para o cursinho. Aos finais de semana continuavam no sofá de casa, ele numa ponta, ela na outra, entrincheirados por montanhas de livros, cadernos e apostilas. Ana Laura já estava no aparelho móvel e Marcelo agora pedia ao dentista para só colocar borrachinhas pretas, *é mais discreto*, dizia. Os dois cultivavam olheiras e, quem sabe, fungos na pele, já que raramente tomavam sol.

Naquele ano, meu pai estava trabalhando quase todos os finais de semana fazendo conferências em congressos pelo interior e levava mamãe junto. "*Não, Sara, você não pode ir. Só vão adultos. E, mesmo que pudesse, você ia achar aquilo tudo um tédio.*" E foi durante essas viagens que Ana Laura e Marcelo transferiram seus estudos da sala para o quarto. E, a partir dali, eu raramente os via.

Passadas todas as fases do vestibular, vieram os resultados: Marcelo, décimo quinto lugar no ITA. Ana Laura, reprovada. Me lembro como se fosse hoje do momento em que os dois abriram o jornal, os olhinhos percorrendo a lista de nomes. Quando Marcelo viu seu nome, deu um grito e em seguida um beijo apertado no rosto da Laura. Meus pais estavam por ali e lhe deram um caloroso abraço. E, então, papai perguntou: "*E você, Laurinha?*" E foi a primeira vez que vi minha irmã ter uma reação de raiva motivada por um legítimo sentimento de derrota. Ela amassou o jornal, arremessou-o na gata e correu para o quarto. Minha mãe quis ir atrás, mas meu pai pediu que ela esperasse. Marcelo não sabia o que fazer, estava atônito. Papai então apanhou o jornal e leu, nome por nome, minuciosamente. Olhou de volta para nós e pôs o jornal de lado. Mamãe ainda se deu ao trabalho de dizer: "*Ela devia ter prestado fisioterapia. Tinha menos candidatos por vaga*". Enquanto eles se entreolhavam e pensavam em como consolá-la, eu fui até o quarto e bati de leve na porta. Ela não respondeu. Eu era a única que sabia como forçar a porta com jeitinho e abrir o trinco sem quebrar. Abri. A Laura estava sentada no chão, abraçada aos joelhos. E, até hoje, não sei por que eu, mas ela me escolhera para ser a primeira a saber: "*Sara, eu tô grávida.*"

Ela me fez jurar que não diria uma palavra a ninguém, "*Sara, esse é um segredo nosso, tá? Não pode contar pra ninguém, muito menos pro papai e pra mamãe*". Sua voz tremia ao dizer aquelas palavras. Ela apertava as minhas mãos e eu notava o esmalte rosa descascando na ponta de suas unhas. "*Eu juro... nem uma palavra*", disse, e, assim, tornei-me a orgulhosa guardiã de um segredo que, aos onze anos de idade, não me parecia mais grave do que realmente era.

Nos primeiros dias que se seguiram, eu olhava para Ana Laura com estranheza e ela me evitava. Mas, na verdade, estava feliz em saber que teria outra criança na casa, que poderia ser como um irmãozinho pra mim.

A cada dia eu amava mais aquele bebê, e o sentimento de cumplicidade com a minha irmã, durante aqueles meses, foi uma das coisas mais preciosas que eu já tive na minha vida.

Marcelo foi morar em São José dos Campos e vinha ficar com Ana Laura a cada quinze dias. Papai e ele agora tomavam cerveja juntos, enquanto Marcelo contava sobre as aulas de teoria das estruturas aeronáuticas ou aerodinâmica da asa e fuselagem. A cada visita, eu ficava imaginando que ela daria a notícia a todos. Imaginava a cena em que todos se abraçariam e acariciariam a barriga da Laura e que Marcelo anunciaria que viria morar com a gente pra ficar perto do nosso bebê. Mas a cena não foi tão bonita assim.

Começou com o Marcelo chorando e dando socos na parede e terminou com o papai gritando nos ouvidos dos dois. Naquele dia, eu estava na área de serviço pintando um quadrinho para o quarto do bebê. Enquanto ouvia os gritos, lembro da tinta amarela misturando-se com a vermelha no meio do sol que eu havia escondido detrás de uma montanha. E tudo o que eu conseguia pensar era: "*calma, bebê, vai ficar tudo bem*".

E, realmente, passado o susto inicial, tudo parecia correr bem em casa. Depois de muita insistência da mamãe, Marcelo concordou que o melhor a fazer era casar (eu já mencionei que a mamãe sempre foi o lado conservador do casal?). Papai não estava totalmente convencido, pois sabia que o casamento seria uma prisão para os dois, tão jovens, mas aquilo parecia satisfazer a Laura e ele acabou concordando também. As visitas de Marcelo foram se tornando mais escassas. Ele alegava que estava estudando muito e procurando um emprego para poder sustentar a criança. Nas poucas vezes que vinha, eu ouvia as palavras duras dele a portas fechadas para Laura: "*Você sabe que a gente tá ferrado, né? Que esse filho vai ferrar a gente pro resto da vida? Porra, Laura, por que você não me avisou antes?! Daria tempo de ter feito alguma coisa! Você foi muito irresponsável*".

Num final de semana, fui acampar com a escola e, para minha surpresa, quando voltei, quem estava na porta da escola me esperando não eram meus pais, e sim o Uncle Johnny. Corri para abraçá-lo, mas ele não parecia muito feliz em me ver. "*Foi tudo bem na viagem?*" – "*Foi sim, eu adorei as montanhas! Eu andei a cavalo e a gente fez uma fogueira enorme ontem à noite e eu vi uma estrela que...*", e então ele me interrompeu: "*Sara, desculpa te falar isso assim, você sabe como eu sou... a sua irmã está no hospital. Ela teve um aborto espontâneo*". Aborto espontâneo. Quem era eu pra saber o que era um aborto espontâneo? Quem era eu pra saber o que era um aborto? Aprendi muito nova que aquilo significava morte, e choro, e brinquedos de bebê, ainda na caixa, indo para a doação. Ana Laura entrou em depressão. O Marcelo falava em culpa e pedia perdão a ela. Ele já não usava aparelho nos dentes. Agora tinha cheiro de desodorante adulto e usava sapatos marrons. Aos poucos, suas visitas foram cessando até que ele desapareceu de vez. No ano seguinte, Ana Laura tatuou uma estrela de Davi nas costas, foi fazer um curso de inglês em Londres e nunca mais voltou. A paisagem que eu pintei continua pendurada na cabeceira da cama dela.

12.

"Como assim nunca mais voltou?"

"Ah, já faz cinco anos que ela tá por aí, solta no mundo. No Natal do ano passado ela apareceu. Tava muito diferente. Cabelos curtos, pintados de preto, magra e com a voz rouca. Estava morando em Paris, trabalhando como auxiliar de cozinha num restaurante meio podre e fazendo uns projetos de *live movies* com uns amigos aos finais de semana. Daí o visto dela venceu, a grana acabou e ela voltou para o Brasil. Mas não aguentou duas semanas com a gente. Acabou indo para a casa de uns amigos em Curitiba e depois voltou pra Europa. Acho que comprou um *insurance card* falso e tá em Barcelona."

"Putz, inacreditável... ela tinha tudo pra ser uma patricinha mala e acabou virando a porra-louca da família. Taí, curti."

"Claro, é muito fácil ser a porra-louca da família com o Western Union..."

"Como assim?"

"*Get real*, meus pais mandam grana pra ela todo mês... Ela continua sendo uma patricinha mala, só ganhou um *layout* mais moderno."

"Vocês não se falam?"

"Sim, mas digamos que, desde o lance do bebê, eu acho que ela sente que eu sou um pouco culpada, sei lá, pode parecer paranoia minha, mas é como se eu tivesse tido a chance de ajudar e não tivesse feito nada. Ela nunca mais olhou direito pra mim, nunca mais olhou nos meus olhos, muito menos percebeu que eu cresci, que não sou mais a irmãzinha idiota de onze anos. É como se ela me evitasse para não lembrar de nada, como se eu fosse a encarnação daquela história, sabe? Daí ela foge. No fundo, ela não passa de uma egoísta."

"Aposto que você queria ter a vida que ela tá tendo agora."

"Até parece... Ficar fumando haxixe num loft em Barcelona às custas dos meus pais... um dia eu vou pra Europa também, mas não vou querer um centavo de ninguém. E, além do mais, Barcelona já era... Eu quero ir pra Zagreb, Praga, Reykjavik..."

"Vocês se falam por telefone?"

"Não. E-mail e Facebook. Bloqueei ela no MSN porque toda vez que eu tentava conversar ela parecia estar chapada e me deixava falando sozinha."

"Ela te escreve?"

"Às vezes. Mas fica posando de boa moça, sabe? Fala umas coisas do tipo, '*Ai, Sara, estive num jar-*

dim lindo na semana passada, você teria adorado fazer um piquenique lá. Depois fui com umas amigas num museu ver uma exposição de arte africana, muito interessante!' Tipo, quem tá interessado nisso?"

"E você responde o quê?"

"Bem, meu último e-mail pra ela foi mais ou menos assim:

> *E aí Lal, como vão as orgias no velho continente?*
>
> *Tá um frio maldito nesta cidade, não dá vontade de fazer nada. Ontem queria ter ido ao cinema ver o filme novo do Tarantino, mas minha mesada foi magra este mês e não deu. Você podia tomar ecstasy só uma vez por semana, hein? Assim eu poderia ir ao cinema pelo menos uma vez por mês, que tal?*
>
> *Ah, os cupins estavam comendo os meus livros e tive que colocar tudo no "seu quarto", mas a mamãe mandou eu tirar porque estavam empoeirando a "sua cama", então tive que colocá-los em caixas e guardar na garagem do prédio. Bacana, hein?*
>
> *A mamãe teve que fazer uma cirurgia na boca e adivinha quem perdeu as provas bimestrais pra acompanhá-la na internação?*
>
> *Por enquanto é só. Life sucks.*
>
> *Sara.*

PS – Lembra da Moqueca, a gatinha que eu te dei de aniversário? Tá com diabetes, estou aprendendo a dar injeções de insulina nela. Você está perdendo toda a diversão. Life sucks, part II."

"Sara, você é incrível."
"*Life sucks.*"

NOTAS PARA TÍTULOS DE LIVROS
– PEDAGOGIA E EDUCAÇÃO:

- O Mickey Mouse é um filho da puta – Vivências pedagógicas aplicadas à sala de aula

13.

Ficamos alguns instantes em silêncio. Eu tenho sede e desejo de chocolate. Não quero morrer aqui, não antes de comer a última barra de Talento de avelã. E daria um dedo do pé por um copo de água.

Em breve, seria hora da aplicar a injeção na Moqueca. A essa altura, a minha mãe já teria encostado o carro em frente ao prédio. Teria lido alguma matéria da *Casa Claudia* (*Como transformar seu banheiro de 1 m² num spa de luxo!* Ou então: *Inspiração: conheça os truques de decoração dos templos tibetanos para trazer mais harmonia à sua quitinete!)* e, após alguns minutos, teria pensado brilhantemente: "*A Sara tá demorando. Ela deve estar de papo com alguém por aí, ela faz isso só pra me irritar*". Então ela teria sentido um impulso de ligar o carro e partir; afinal, ela tem coisas mais importantes pra fazer. Mas hesitaria ainda por alguns instantes e me mandaria um SMS: *Filha, te esperei o quanto pude. Volte de ônibus hoje. Beijocas. Mummy.*

NOTAS PARA TÍTULOS DE LIVROS

COLEÇÃO ESPECIAL **DIY***:

- Papanicolau
- Indie Movie
- Lobotomia

* DIY – *Do It Yourself.* Em português, *faça você mesmo.* Refere-se à prática de fabricar ou reparar algo por conta própria em vez de comprar ou pagar por um trabalho profissional. A prática, atualmente, engloba qualquer área de atividade, dos cuidados médicos ao design de interiores, da publicação à eletrônica. (Wikipedia)

14.

Eu acho que muita gente tem esse pensamento meio idiota às vezes: "*E se eu morresse agora e alguém resolvesse fazer a minha videobiografia, entrevistando pessoas com quem eu convivi, mostrando meu quarto, meus objetos, os lugares que frequentei... Como seria isso?*" Bem, acho que a minha seria mais ou menos assim:

CENA 01
EXTERNA. CEMITÉRIO. DIA.
Um pequeno grupo de pessoas chora em volta da cova recém-fechada.

NARRADOR (*em off*)
"Os familiares e amigos de Sara continuam inconsoláveis desde a sua morte na última segunda-feira. Ela se foi, deixando nesta

terra uma gata vira-lata, um romance não publicado e a louça suja na pia da cozinha."

CENA 02
INTERNA. SALA. DIA.
Alice, sentada num sofá com forro de chenile, tira um cigarro do maço e começa a fumar.

ALICE, mãe negligente
"Como eu pude não enxergar? Que tipo de mãe fui eu que não percebi o que estava acontecendo com a minha filha? Esse é um trauma que nunca irei superar. É claro, ela era uma adolescente, assim... rebelde, sabe? Coisas da idade... mas até aí eu achei que fosse normal e... (*o entrevistador lhe pergunta algo*) Como? A nossa última conversa? Bem, eu disse para ela não esquecer de pagar a terapeuta e que... (*o entrevistador lhe diz mais alguma coisa*) Aniversário? (*pausa*). Meu Deus! Era aniversário da Sara... e eu esqueci! (*ela então afunda o rosto nas mãos e chora compulsivamente. Close nas lágrimas.*)"

CENA 03
INTERNA. CONSULTÓRIO. DIA.

DOUTORA LETÍCIA, terapeuta picareta

"Ela tinha uma forma... como posso dizer? Uma forma um tanto original de expressar seu amor pela vida. Assim que começamos a terapia, eu pedi a ela que fizesse um autorretrato. Esse é um exercício muito interessante para entender a psiquê do paciente e, no caso da Sara, foi muito produtivo, veja... (*ela abre uma pasta e tira dali uma folha de papel. É uma folha branca com apenas um ponto vermelho no meio. Câmera fecha no ponto*). Estão vendo? Isso diz muito sobre ela, não?"

CENA 04
INTERNA. QUARTO DE SARA. NOITE.

NARRADOR (*em off*)
Aqui podemos ver as últimas fotos que ela postou no Facebook.

Na tela de seu computador, vê-se uma galeria de fotos:
1) um pókemon vendendo algodão-doce na praia
2) um cocô de cachorro na frente da loja da Louis Vuitton, nos Jardins
3) os dedos de seu pé direito com carinhas desenhadas com caneta azul.

NARRADOR *(em off)*
E este era o quarto de Sara. Sobre a cama do conjunto de móveis planejados, seu lençol favorito: branco com quadradinhos azuis. Ao lado da janela, sobre a parede roxa, vemos os resquícios da guitarra que ela desenhou com Liquid Paper e que a faxineira apagou com Veja perfumado. Na porta do armário, se encontra uma folha de post-it laranja com a frase enigmática: "*Parem o mundo que eu quero descer*".

CENA 05
EXTERNA. CAFETERIA DE UMA ESTAÇÃO DE TREM NA EUROPA. NOITE.

ANA LAURA, irmã e calhorda
"A nossa relação foi um tanto fria nos últimos tempos, mas eu sempre achei que a Sara se sairia bem dessa. Me lembro de quando assistíamos aos filmes da Família Addams na Sessão da Tarde. A Sara era pequena e tinha medo do Tio Fester... Talvez eu devesse ter me aproximado mais dela, talvez eu devesse ter percebido alguma coisa. Mas, sabe, no fundo, eu sei que não posso me culpar. Eu tinha uma vida para construir e... (*seu celular acusa o recebimento de uma mensagem e ela começa a revirar a bol-*

sa). Só um instantinho. por favor, essa eu preciso responder..."

CENA 06
EXTERNA. RUA DE SÃO PAULO. DIA.

NARRADOR *(em off)*
"Por esta rua, todos os dias, Sara passava a caminho do ponto de ônibus. Detrás dessa porta de ferro, agora fechada, está a bomboniére onde ela comprava, religiosamente, uma barra de chocolate com nozes ou avelã e um chá gelado de pêssego. A dona do estabelecimento, uma japonesa truqueira, sempre dizia que não tinha moedas e a obrigava a levar balas de canela no lugar do troco."

CENA 07
INTERNA. BANHEIRO DO COLÉGIO. DIA.

TATÁ, único amigo
"A Sara era uma pessoa bizarra, mas incrível ao mesmo tempo. Ela me humilhava, desligava o telefone na minha cara, me deixava falando sozinho na rua, tinha umas brincadeiras estúpidas de chutar a minha canela, mas eu sei que, no fundo, no fundo, ela me

adorava. Toda essa violência não passava de uma defesa. Ela foi uma incompreendida."

I'm just a happy kid
stuck with the heart of a sad punk
Drowning in my id
Always searching like it's on junk
No matter who I hang out with
I can hear the clack clunk
Of the chains that pull the cars up
The roller coaster mountain top so high
When it comes down it shoots back up
Straight back to the sky
I gotta laugh and then I'm asleep
And then I walk around and wanna cry

Eu sou apenas um garoto feliz
Preso ao coração de um punk triste
Me afogando em meu ego
Como quem vasculha em tralhas
Não importa com quem eu ande
Eu consigo ouvir o ruído seco
Das correntes que puxam os carros
O topo da montanha-russa tão alto
Quando desce lança de volta pra cima
Direto para o céu
Eu tenho que rir, mas então eu durmo
E então caminho por aí e quero chorar
("Happy kid" – Nada Surf, *Let go*)

15.

16h36.

"Você fez bem em tirar o tênis... Tá muito quente... Minha cabeça tá estourando...", Francisco diz com uma voz preguiçosa.

"Não me diga... Isso aqui é um forninho Philips Walita ligado na última potência."

"Com grill."

"Não é possível que ninguém passe por aqui."

"Só faltava um de nós precisar ir ao banheiro."

É, realmente, só faltava isso. Tento ignorar a pressão que sinto aumentar na minha bexiga. 16h37. O relógio de plástico com pulseira azul-calcinha desbotado, comprado no *ching-ling*, não interessou aos ladrões. E agora eu também começo a me desinteressar. Tiro ele do pulso. Relógio estúpido, em alguns meses de uso o indicador dos segundos já está apagado e os botões do lado direito caíram sem que eu percebesse.

16h38. Sinto um impulso de raiva e agarro um pé do tênis.

"Ei, Sara, para, o que você tá fazendo, garota? Ei, me dá aqui esse relógio!"

Inútil. Antes mesmo que ele pudesse levantar, eu já havia estraçalhado o relógio com dois golpes de All Star.

"Que ótimo, agora como vamos saber quanto tempo se passou? Sim, porque o meu Bulova do largo da Batata eles levaram, mas esse seu... seu... ah, esquece..."

Morto. Há poucos instantes atrás, ele estava cheio de vida, pulsando os dois pontinhos que separam as horas dos minutos, com o mesmo entusiasmo de todos os dias. Os relógios nunca se cansam, não ficam ofegantes, não param e depois voltam a acelerar. Trabalham sempre no máximo da eficiência e, de repente, param. Acho que quero uma morte assim pra mim. Será que se eu reunir as peças e encaixá-las perfeitamente ele volta a funcionar? Olho as peças espalhadas pelo chão como se observasse as pequeninas partes do corpo de um pardal que acaba de ser atropelado. A passagem brusca da vida para a morte me assusta. Passarinho, ainda me lembro do teu último canto, segundos antes de o carro aparecer. As pequeninas asas estão esticadas, mas seus frágeis ossinhos foram completamente esmagados e nunca mais alçarão voo. Tenho saudades do relógio que, ainda há pouco, vivia no meu pulso. Uma lágrima me escapa. Devo estar enlouquecendo aqui dentro. Estou chorando por causa de um relógio estúpido que eu mesma acabo de destruir.

"Ei... Desencana, é só um reloginho barato", Francisco diz, tomando a bateria intacta nas mãos. "Olha, pelo menos a bateria era de qualidade... Pega aqui, guarda de lembrança. Vai ser um... amuleto."

O sangue invisível do relógio se dissipa quando ouço a palavra "amuleto". Rio e seco as lágrimas.

"Essa sua fala foi ótima."

"O que foi que eu falei de errado agora?"

"*Vai ser um amuleto...* Parece uma cena de filme de fantasia, bem cretino, sabe?"

"Desenvolva..."

"Tipo, a menininha acaba de ter sua casa destruída e seus pais sequestrados por um grupo de bruxos. Daí, ela encontra uma sábia anciã da floresta que apanha uma das pedras da casa, entrega à menina e diz, *Tome, minha filha, leve sempre com você. Isso lhe ajudará na sua jornada para reencontrar seus pais.* E puf!, desaparece. A princípio, a menina zomba da pedra e não acredita na velha. Mas resolve carregá-la no bolso, *just in case*. No final do filme, quando ela encontra os pais pendurados numa gaiola no castelo dos bruxos, acerta com a pedra a cabeça do corvo falante que tomava conta dos prisioneiros e tha-ram!, final feliz!"

"Você é rápida, hein..."

"Não me leve a mal, mas essa bateria é o tipo de objeto insignificante e inútil ao qual você atribui algum valor sentimental ou alguma crença mística (amuleto... *dãã!*) e carrega na carteira ou no carro por um tempão, até que um dia você o perde sem que se dê conta e, se por acaso você se lembrar dele e der falta, vai perceber que a falta desse objeto não mudou a sua vida em absolutamente nada."

"Desculpe, mas eu discordo."

"Claro que você discorda. Você deve ser o tipo de cara que, quando tiver filhos, vai guardar os dentes de leite deles numa caixinha na gaveta de meias."

Ele não retruca. Fica em silêncio. Olha pra mim, joga a bateria do relógio no chão. Dá três passos até o lado oposto. Senta-se num canto, ao lado de uma pilha de caixas de papelão. Recolhe as pernas para junto do corpo e dá um longo suspiro. Eu pego a bateria, coloco no bolso e sorrio sem graça.

"*Just in case.*"

Nenhuma resposta. Será que ele está enlouquecendo também? Está sério, mas suas feições estão completamente descontraídas e, mesmo com a luz tênue deste buraco, eu posso perceber que a pele do seu rosto, quando relaxada, é ligeiramente flácida e cansada. Ele tem linhas de expressão finas ao lado dos olhos e mais fundas sobre a testa. Sua pálpebra parece levemente rugosa e seu queixo, áspero. E aquele é seu rosto puro, verdadeiro, um rosto tranquilamente melancólico, mas de alguém extremamente vivo, um rosto absolutamente humano e possível. Quanto tempo ainda ficaremos aqui? Eu me sinto como que me despindo dos discursos prontos, do cinismo plástico que me envolve, sinto derreter uma camada de cera que faz de mim um ser intocável e incapaz de sentimentos. E eu também suspiro longamente e me sinto cansada de ser quem eu sou.

"Você me fez sentir um idiota."

Engulo em seco. Acho que sempre faço as pessoas se sentirem idiotas, só não sei se é porque falo a verdade de forma dura ou se é porque tenho a capacidade de olhar para coisas simples e belas e transformá-las em coisas fétidas.

"Você não devia ligar pra isso, eu falo muita merda mesmo, eu não acho que..."

"Sabe, Sara, quando os meus pais se separaram, continuaram a viver na mesma casa, que havia sido a casa de minha avó, mãe de meu pai. Questão de praticidade, penso eu, já estavam aposentados, acomodados na vida, aquilo não era hora de construir um novo lar, sei lá. Quando meu pai morreu, minha mãe e eu fizemos uma limpeza e jogamos tudo fora: móveis, quadros, roupas, utensílios de cozinha, tudo. Quero dizer, não jogamos no lixo, o Exército da Salvação veio recolher para um bazar de caridade. Coisa da minha mãe, ela dizia que aqueles objetos tinham energia parada, que a gente tinha que passar pra frente, não podia ficar guardando. Na época, eu já estava tão transtornado, que só concordei. Mas fazia questão de, ao menos, escolher alguma coisa pra guardar de lembrança, *um objeto insignificante e inútil ao qual você atribui algum valor sentimental*, nas suas palavras. Na verdade, não consegui escolher nada, porque a minha mãe sempre atravessava meu caminho, '*olha esse peso de papel com cara de pavão, que coisa funesta... Você nem pense em guardar, hein? E essa camisa surrada? Nossa, até parece que o seu pai passava necessidade, com tanta camisa boa que a gente dava de presente, ele continuava a usar sempre a mesma... Acho que nem pra doação essa serve, vai virar pano de chão mesmo*'. Minha mãe sempre teve um senso prático muito grande, mas nunca entendi como ela pôde ser tão desprendida naquele momento. Desprendida demais. Ela olhava para todas aquelas coisas, objetos que estavam naquela casa desde antes eu nascer, e não sentia absolutamente nada. *Desapego, Francisco, desapego... você precisa praticar.* Mas, quando fui acompanhar a saída do corpo do hospital, um enfermeiro me entregou um saquinho com alguns objetos pessoais dele. O antigo relógio com a surrada pulseira de couro amarelo-ocre, o par de óculos de leitura com armação fina e dourada, o pente plástico de bolso, a boina cinza de algodão e uma dentadura. Sem pensar muito, dispensei o relógio, o pente e a boina e, sem nunca dizer nada à minha mãe, guardei comigo os óculos e a dentadura. Na época, eu morava com a Luisa e guardei os objetos na última gaveta da escrivaninha do nosso escritório. Não estavam numa caixa de madeira talhada e forro aveludado, não, estavam no mesmo saco plástico opaco e amassado que me entregaram no hospital, enfiados agora debaixo de uma pilha de papéis e documentos de menor importância. Durante os anos em que trabalhei em casa a maior parte do tempo, sentado diante da escrivaninha, nunca ousei desenterrar aqueles objetos. Os documentos que estavam ali eram praticamente um arquivo morto, contas pagas há mais de cinco anos, garantias vencidas, a nota fiscal de uma geladeira que há muito tempo eu já havia vendido. Ou seja, realmente nunca precisei abrir aquela gaveta..."

Percebo que a sua voz começa a falhar e ele então segue, falando mais baixo, sem conseguir olhar para mim.

"Mas eu sempre soube que aquelas coisas estavam ali... Eu sempre soube que meu pai estava ali, ao meu lado... como um espírito que eu havia guardado naquela gaveta. Quando eu trabalhava à noite, ficava sozinho, no silêncio, apenas com a luz do monitor a iluminar o ambiente... Mas eu sabia que ele estava ali comigo... estúpido, não? Eu sei, estúpido..."

"Não, você não..."

"E numa dessas noites eu tive um impulso, assim, do nada, e abri a gaveta... Deixei meus dedos por alguns instantes sobre os papéis e então levantei-os, lentamente. O saquinho continuava lá, e a dentadura também. Mas, para minha surpresa, os óculos haviam desaparecido. Senti uma pontada no coração, como no dia em que recebi a ligação do hospital informando que meu pai estava enfartando. Comecei a revirar as gavetas feito louco, e revirei a estante, e revirei a casa inteira. Luisa acordou assustada e me encontrou na sala, chorando no escuro. Me senti enganado, como se tivesse passado os últimos anos tomando placebo. E então ela me contou que a antiga faxineira havia roubado os óculos pensando que a armação era de ouro e que, quando descobriu que não passava de um metal fajuto coberto de tinta dourada, jogou no lixo, na rua... '*Não tive coragem de te contar na época... Mandei ela embora e inventei uma desculpa, lembra?*' Sim, Sara... Eu havia vivido muitos anos acreditando que aqueles óculos estavam ali e eles não estavam, e aquilo não me fez falta alguma... Não até eu perceber o quanto aquele objeto-insignificante-e-inútil-ao-qual-você-atribui-algum-valor-sentimental me dava conforto sem que eu nem precisasse vê-lo. A partir daquele dia, além do espírito do meu pai, eu passei a acreditar no espírito daqueles óculos, jogados numa lixeira qualquer."

Francisco termina de falar e eu não consigo responder. Ele se levanta, apoia as mãos na parede e respira fundo. Em seguida, encosta a testa na parede, olhando para os próprios pés.

"Somos bem estúpidos, os humanos, não acha?"

Eu não sei se estúpido é a melhor palavra, mas eu acho incrível como todo mundo cultiva, em segredo, um objeto-insignificante-e-inútil-ao-qual-você-atribui-algum-valor-sentimental. E eu acho que, muitas vezes, as pessoas nem se dão conta da importância que elas dão para esses objetos. Eu sei, por exemplo, que a Laura ainda tem guardado um chapéu de crochê que ela comprou quando descobriu que estava grávida. *É um chapéu bem de mamãe, não é, Sarinha?* Todo o resto, roupas, brinquedos, mamadeiras, fraldas, ela deu para uma vizinha quando sofreu o aborto. Um chapéu velho, fora de moda e desbotado pelo tempo, jogado no fundo do armário e que só eu sei o que significa porque nunca me esqueci da doçura daquela frase, *É um chapéu bem de mamãe, não é, Sarinha?*. A lembrança da mãe que ela teria sido.

A friend in need is a friend indeed
A friend who'll tease is better
Our thoughts compressed
Which makes us blessed
And makes for stormy weather

Um amigo nas horas difíceis é um amigo de verdade
É melhor um amigo que nos provoque

Nossos pensamentos prensados
É o que nos faz abençoados
E preparados para a tempestade

("Pure morning" - Placebo,
Without you I'm nothing)

16.

Capítulo 02

O LESBIANATO SÍRIO

"Soraiaaaaaa", Ahmad chamava todas as manhãs, desfrutando ao máximo o gozo causado pelos "as." Irina custou a acostumar-se ao novo nome. Sentia algo estranho na boca quando se apresentava com o novo nome. Enquanto "Irina" sempre fôra de sabor salgado e levemente ~~apresenta~~ picante, Soraia dava-lhe uma impressão de algo pastoso e preguiçoso, como manteiga esquecida fora da geladeira.

Todas as noites, antes de adormecer, passava horas na cama elaborando sua nova personalidade em torno do pastoso "Soraia". Ahmad e Rana continuavam a plantar e a colher repolhos. Quando conseguiam comprar carne, comiam carne, com repolho, quando não, comiam repolhos, apenas.

Quando Soraia (antes Irina) completou oito anos de idade, Rama decidiu que já era hora de mandar a menina para o colégio. A princípio, Ahmad relutou, afinal, quem iria tirar o pó das cortinas? Mas Rama foi convincente e, assim, matricularam Soraia numa escola local.

Era uma escola só para meninas. A professora tinha hálito de alho, no pátio havia uma estátua sem cabeça e as salas de aula tinham paredes irregulares. No primeiro dia de aula, ~~Irin~~ Soraia levou uma bela surra das meninas mais velhas. "Bem vinda ao lesbianato sírio" - disse-lhe uma delas.

***

"Dá pra fazer uma pausa?", Francisco diz recolhendo a mochila cinza que estava no chão.

"Seu táxi chegou?", digo tentando esquecer a crescente vontade de fazer xixi.

Ele sorri, mas não responde. Agora é a vez de ele revirar a mochila em busca de algo que nos salve desse tédio mortal.

"O que você tem aí, um pé de cabra?"

Francisco tira da mochila um cantil metálico, abre e leva à boca.

"Que é isso?"

"O que você acha? Milkshake não é. Uísque... Tá servida?", diz aproximando a garrafa do meu rosto. Eu penso por alguns instantes antes de responder.

"Como você é irresponsável. Não deu pra perceber que eu sou menor de idade? Vai ficar me oferecendo bebida, assim?"

"Quem foi mesmo que enxugou duas garrafas de vinho barato outro dia numa festa?"

"Eu... eu não curto uísque. É bebida de velho."

"Bom, problema seu. Pode estar perdendo a sua última refeição."

Eu levo a mão ao bolso para pegar um Tic-tac e percebo que a caixinha está vazia.

"Tá bom, dá um gole. Mas só porque eu estou com sede."

Ele aproxima a garrafa da minha mão e, quando eu estico o braço para pegá-la, ele recua.

"Não vai se embriagar, hein? Não faz meu gênero tomar conta de adolescente bêbada." E então ele me entrega o cantil.

Como eu suspeitava, esse uísque tem gosto de gente velha. Deve ser caro. Tem gosto de escritório de mansão, com cortinas pesadas, móveis de madeira escura e poltrona de couro. É claro que eu já tinha tomado uísque. Aliás, não consigo pensar em alguma bebida que eu ainda não tenha experimentado. Chá de fita magnética, talvez. Ouvi dizer que se tomava nos anos oitenta. Hoje nem se acha mais fitas magnéticas. Não acho que um chá de pen drive tenha o mesmo efeito. Drogas: ruim com elas, pior sem elas. Eu nunca pertenci ao grupinho dos drogados e bêbados da escola. Aliás, eu nunca pertenci a grupinho nenhum.

"Quando eu estava no primeiro colegial, levava os meninos do terceiro pra minha casa para tomarmos rum com coca-cola."

"Que descoladinha..."

"Eu nem bebia direito, mas achava legal que os outros vissem os meninos do último ano indo pra casa comigo. Meus pais normalmente estavam fora, trabalhando. Eu abria a porta e eles iam direto ao armário das bebidas. Eu só ficava olhando. Não me lembro de eles falarem comigo. Tito era o mais velho, dezoito anos, repetente. Tinha uma tatuagem de dragão no braço direito. Diziam que o pai dele era alcoólatra e que tinha espancado ele na infância. O Lucas tinha dezesseis, era do time de basquete da escola, eu sempre achava que ele ia bater com a cabeça no lustre da sala de tão alto que era. Eles se esparramavam no sofá, bebiam um copo de rum com coca-cola, falavam porcarias, futebol, meninas, sexo, brigas de moleque. E era como se eu realmente não estivesse ali. Quando terminavam, pegavam as mochilas e saíam, deixando os copos sujos na mesa da sala. '*Valeu, Sara, tu é mó gente boa*', foi o máximo que ouvi deles.

Eu lavava e guardava os copos e completava a garrafa de rum com água e um pouco de cachaça. Ninguém em casa bebia rum mesmo, nem iam notar. Então eu esquentava o prato de comida que a minha mãe havia deixado pronto na geladeira, sentava na frente da televisão e comia assistindo a qualquer merda que estivesse passando no cabo."

Dou mais um gole e devolvo o cantil. Merda, agora a minha bexiga está realmente cheia.

"Olha só... Estou com um problema", digo hesitante.

"Mais um?"

"É sério... eu... eu precisava ficar sozinha um minutinho."

"Claro, como não..."

"É sério. Eu preciso... fazer xixi."

Ele desata a rir. Eu só não sei se é porque acha que eu estou fazendo uma piada ou porque está achando graça no fato de eu estar sofrendo.

"Pode rir, vai ficar mais engraçado quando eu mijar na sua cabeça", respondo com ódio.

"Desculpa, mas é engraçado, vai..."

"Seria, se fosse você querendo fazer xixi, e não eu. Por que as coisas são sempre mais fáceis para os homens até nisso?"

"O que você quer fazer?"

"Não sei, mas já não estou aguentando."

"Será que tem algum ralo por aqui?", diz erguendo algumas caixas de papelão. Eu me levanto e começo a andar em círculos.

"Claro que tem um ralo aqui. Que tipo de idiota construiria uma sala sem um ralo? A sala da sua casa, por exemplo, tem quantos ralos?"

"Não começa... Estou só querendo ajudar. Sei lá, isso aqui é um depósito, vai que..."

"Ajudar, ajudar, você não está ajudando em nada... Daqui a pouco vou fazer xixi dentro do seu cantil."

"É isso!"

"O quê?! Você quer que eu faça xixi no cantil? Hum, deixe-me pensar... Acho que não tenho tanta pontaria..."

"Não, não é isso... Você pode usar esses copos", diz pegando uma embalagem cheia de copinhos plásticos de café no alto de uma estante.

"Muito engraçado."

"Olha, eu não sei qual o tamanho da sua bexiga, mas faz o seguinte, começa com um copinho, daí se encher você coloca outro, e depois outro... Tipo coleta para exame de urina."

"Claro, que ideia brilhante."

"Você tem outra?"

E então o desespero fala mais alto.

"Puta que pariu, me dá logo aqui essas drogas de copinhos", digo arrancando uma pilha de minivasos sanitários portáteis da mão dele. "E pode parar de rir! Vira pra parede, encosta a cara lá, se você virar, eu te taco um copinho cheio na cabeça. Ah, e trata de ficar conversando comigo, não quero você ouvindo o barulho do meu xixi."

"Nossa que brava!", continua rindo.

"Cala a boca, e cara na parede!"

"Sim, senhor general."

Meu Deus, nunca vivi uma situação tão constrangedora em toda a minha vida. Mesmo com a cara colada na parede mais longe de mim, ainda estamos a apenas três metros de distância. Eu me agacho em cima de um copinho.

"E aí, já começou?"

"Cala a boca..."

"Ué, você que pediu para eu conversar com você... Tá bom, vou ficar calado pra poder ouvir o seu xixi."

"Que saco, como você é chato."

"Sara, deixa de ser boba, desencana... Eu já vi gente mijando, cheirando coca, vomitando em cima de mim... Não precisa ficar com vergonha, é sério."

"Dá pra mudar de assunto?"

"Sim, senhora. Sobre o que você quer falar?"

A essa altura, já enchi três copinhos e passo para o quarto.

"Me conte, qual foi a situação mais constrangedora pela qual você passou na sua vida."

"Vixe... Vou ter que pensar um pouco..."

"Desencana então. Continua falando."

"Mas, olha, fica tranquila, não foi nada tão constrangedor quanto fazer xixi em copinhos de plástico trancado com um estranho num almoxarifado."

"Eu te odeio."
Fim dos copinhos.

***

"Posso te perguntar uma coisa?"
"Lá vem você, toda engraçadinha..."
"Não, dessa vez é sério."
"Fala."
"Você não é casado?"
Ele me olha desconfiado.
"Não."
"Nem tem namorada?"
"Do jeito que você imagina, não."
"E você nunca gostou de ninguém?"

Novamente, o olhar desconfiado. E então ele vira mais uma vez o cantil de uísque e parece mais à vontade para falar.

"Sim, eu já gostei de alguém."
"E cadê ela?"
"Sei lá, isso faz muito tempo."
"Vocês eram namorados?"
"Bem, na verdade, acho que um pouco mais."
"Essa tal de Luisa que você mencionou?"

17.

Luisa

Luisa e eu nos conhecemos numa festa da faculdade. Ela era dois anos mais velha do que eu, cursando o último ano e eu o segundo. Ficamos um tempão conversando, ela era de Piracicaba, família tradicional, tinha vindo pra São Paulo para estudar. Eu estava super chapado, quase dando vexame, e então ela me ofereceu uma carona. Acabou subindo no meu apartamento. Ficamos mais um tempo conversando no sofá, ela me beijou e, depois de trocarmos mais algumas palavras, eu apaguei ali mesmo.

No dia seguinte, acordei no sofá e me lembrei do que tinha acontecido. Olhei no relógio, estava atrasado para a segunda aula, corri para a faculdade. Assim que cheguei, trombei com a Luisa na escadaria. Ela parecia surpresa e feliz em me ver.

Acho que eu fui meio frio, sei lá, cumprimentei ela de qualquer jeito e entrei na aula.

A verdade é que eu estava há um tempo a fim da Marília, que era da minha classe e nunca tinha olhado na minha cara. Eu tinha certeza de que ela também estava a fim, mas estava sendo durona. Eu não queria que ela me visse de conversinha com a Luisa, isso poderia pôr tudo a perder.

Marília tinha cabelos cacheados, pele bronzeada, gostava de discutir política no bar, fumar cigarro aromatizado e dançar soul music nas festas das repúblicas. Luisa tinha a pele clara, gostava de vinho tinto, filmes europeus e Clarice Lispector.

Passei os dois meses seguintes evitando a Luisa, relendo *Crime e castigo* e esperando algum sinal da Marília. As férias chegaram. Em janeiro, Raskolnikov se entregou à polícia, Luisa se formou em jornalismo e Marília se casou com o Douglas, um proeminente relações-públicas, homem de barba bem-feita e casa no Guarujá. Devolvi o livro na biblioteca e peguei *O idiota*.

Alguns anos se passaram, até que eu encontrei Luisa numa exposição do Masp. Ela havia se tornado uma mulher ainda mais linda. Fomos tomar um café e eu confesso que não consegui prestar a menor atenção no que ela dizia. A única coisa que eu conseguia pensar era como havia dispensado ela por uma patricinha disfarçada de militante descolada. No entanto, a vida foi generosa comigo e nós começamos a namorar alguns dias depois.

Já fazia um ano que o Hernandez tinha morrido, mas eu continuava morando no apartamento dele na Barra Funda. Luisa dormia ali várias vezes na semana. No meu quarto não havia muito mais do que um colchão, algumas caixas com coisas do Hernandez, um abajur sem cúpula e uma vitrola. Passávamos a noite ali, ouvindo os discos de tango herdados e tomando um vinho qualquer comprado na adega da esquina.

Luisa morava num quarto que alugava na casa de uma senhora em Higienópolis e há tempos vinha querendo se mudar. "*A gente bem que podia morar junto*", ela me disse uma noite. Eu sei, deveria ter ficado muito animado com a ideia, mas não foi exatamente o que eu senti. Talvez porque ela não quisesse vir morar ali comigo, achava estranho se mudar para a casa de um morto, queria um lugar novo. E eu, de certa forma, havia me apegado àquela casa, a aqueles objetos e às lembranças do Hernandez. Era como se o apartamento tivesse se tornado um amigo. Por fim, me convenci de que deveria superar aquela etapa da minha vida e começar uma nova. No mês seguinte, fomos morar numa vila na Bela Vista.

Durante aqueles anos em que vivemos juntos tudo correu tão bem que, até hoje, tenho dificuldade em entender por que tudo aconteceu da forma como aconteceu. Talvez as coisas não estivessem tão bem como eu pensasse. Talvez Luisa não estivesse feliz ao meu lado e eu tenha sido incapaz de enxergar. Eu não queria mais nada, só queria que ela fosse minha namorada, pra sempre. Mas ela queria filhos, poupança conjunta, um casal de labradores, cama com cabeceira, carro com ar condicionado, faqueiro de aço inox, viagens ao litoral no final de semana... No fim, o tango, o vinho meia-boca e a luz de um abajur sem cúpula não foram suficientes para sustentar o nosso amor.

Nos últimos meses em que estivemos juntos, ela tentou, por várias vezes, me mostrar que andava insatisfeita e que precisávamos tomar algumas decisões na nossa vida. E eu não queria enxergar que alguma coisa realmente precisava mudar. Ela dizia que eu não tinha ambições e eu dizia que estava tudo bem, que ela estava exagerando, afinal, eu continuava exatamente o mesmo, desde o dia em que havíamos nos conhecido. E talvez tenha sido exatamente isso que a levou a escrever aquela carta tão seca, fazer as malas e pegar um avião pra Paris.

Um ano depois, ela estaria de volta, com cabelos longos e lisos, pós-graduação e um namorado brasileiro de origem árabe chamado Farid.

18.

“Uau”, digo sem encará-lo.

“É, *uau*.”

“Luisa biscatona, hein...”

“Não fala assim, Sara, você tá vendo apenas um lado da história. Ela teve as suas razões.”

“Bem, mas pelo menos você escapou... O próximo passo seria o casamento, não? Anel de ouro, champanhe *rosé*, roupas de tafetá... Ah, sim, e uma miniatura sua feita de biscuit em cima de um bolo de oito andares.”

“Sara, a vida não é feita só de clichês.”

“Certamente que não. Eles são só um mal necessário. Mas me conta uma coisa, você conhece esse tal de Farid?”

Ele não responde. Está pensativo.

“Hein, conhece?”

“Você promete que não vai me julgar?”

“Não, não prometo. Desculpe, tô sendo sincera. Eu sempre acabo julgando as pessoas. Mas prometo que compartilho com você o julgamento."

Ele respira fundo antes de prosseguir.

"Assim que eu soube que ela estava de volta ao Brasil e morando com esse cara, saí pra beber com um pessoal do jornal com quem eu jogava futebol às quintas. Eu não vou culpar a bebida, fui totalmente responsável por aquela estupidez."

"Você espancou ele?"

"Que é isso, Sara!"

"Tá, continua contando, vai..."

"Naquela tarde eu descobri onde eles estavam morando e resolvi aparecer. Vestia apenas um calção de futebol, suor e cerveja. Era um prédio bem burguesinho, em Perdizes. Encostei o carro do outro lado da rua e fiquei olhando para as janelas, tentando imaginar qual seria a janela deles."

"Você tinha um binóculo?"

"Não, eu era totalmente amador. Posso terminar?"

"Por favor."

"Bem, eu sabia que eles moravam no quinto andar. Havia poucos apartamentos com a luz acesa, um deles bem no quinto andar. Daí, a luz se apagou e, poucos minutos depois, vejo um cara com traços árabes surgindo na portaria. Só podia ser o tal Farid."

"Daí você pegou o taco de beisebol?"

"Não. Abri a porta do carro num rompante e, quando me preparava para atravessar a rua – para fazer sei lá o quê – um ciclista me atropela."

"Você não tá falando sério..."

"Juro... Caí feio no meio da rua. O Severino, dono de um botequim que pilotava a bicicleta, também. Mas o pior não foi isso. Foi ver o carro da Luisa se aproximar. Ela encostou na porta do prédio, viu a cena e veio correndo na minha direção. '*Você tá bem?*', ela perguntou com real preocupação. E quando fui dar início a um sincero discurso apaixonado e arrependido, Farid apareceu e colocou uma das mãos sobre o ombro dela e aquele gesto provavelmente a trouxe de volta à realidade e ela pôde então perceber que eu não estava gravemente ferido, mas sim bêbado e arrependido, e que ela não queria mais saber daquela história e muito menos das minhas palavras. '*Se cuida*', disse secamente. Ainda me lembro da estampa da saia que ela estava usando... flores brancas sobre um tecido preto."

"E...?"

"E nada. Eu pedi desculpas pro tal Severino e ele a mim. E então ele me convidou para umas cachaças no seu botequim, que ficava duas ruas pra baixo. Abriu a porta de ferro, serviu duas doses e me contou tudo sobre o chifre que tomou da Maria Darlene há dez anos no sertão da Paraíba."

"Tá vendo, o chifre serviu para alguma coisa na vida do Severino. Ele veio pra capital e se tornou um empreendedor de sucesso."

"Pois é..."

"Já você..."

"Vai, manda. Solte todos esses adjetivos maldosos que você conhece tão bem."

"Você..."

"...eu?"

"Foi incrível o que você fez."

"Incrível? Incrivelmente idiota, você quer dizer?"

"Não, não mesmo. Sei lá. Foi bonito. Você queria ela de volta, tomou coragem, cerveja e foi lá dizer isso a ela sem o menor pudor, peito aberto. A idiota foi ela. Cínica, insensível, covarde."

Silêncio.

"E por que então a senhorita tá com essa cara?"

"Sei lá, achei bonito esse gesto e..."

Mais silêncio.

"...e?"

"Sei lá. Tô com inveja."

"Inveja?"

"É... acho que ninguém nunca vai fazer nada assim por mim, porque eu nunca vou conseguir fazer ninguém gostar de mim."

Ao dizer isso, sinto como se algo muito sólido dentro de mim começasse a se dissolver. Penso na tal Luisa. Ela deve ser muito bonita. Então penso no André, no Tito, na Ana Laura, no meu pai e penso na falta que sinto de uma palavra carinhosa de qualquer um deles, e então penso na falta que sinto de uma palavra carinhosa de qualquer pessoa, e então, antes que eu possa pensar em qualquer outra coisa, eu sinto uma dor que não tem nome, não tem nome porque não tem nada, é uma dor vazia, é a dor de algo que não existe, mas dói.

"Sara... Esse assalto foi a melhor coisa que me aconteceu nos últimos tempos."

"Que é isso, uma cantada?"

"Claro que não", ele diz rindo.

"E então?"

"Apesar de nos conhecermos há apenas algumas horas, você fez com que eu me sentisse um completo imbecil por várias vezes. Mas, pra falar a verdade, acho que há muito tempo eu não me sentia tão vivo ao lado de alguém."

NOTAS PARA TÍTULOS DE LIVROS - ENGENHARIA E ARQUITETURA:

• CORAÇÕES CONDENADOS - técnicas avançadas de implosão e reaproveitamento de área

19.

Já perdi a noção de quanto tempo se passou desde que fomos trancados aqui. Podem ter sido uma, duas, três, quatro horas. Mas, se alguém me disser que foram apenas quinze minutos, posso muito bem acreditar.

Já não sei se estou sonhando. Olho para o canto da sala e vejo uma fileira de copinhos cheios de líquido amarelo. Será que um dia terei coragem de contar isso a alguém? A sola dos meus pés estão sujas pela poeira da sala. Tenho sede e calor. Francisco parece adormecido. Tudo está quieto.

De repente, ouço passos do outro lado da porta. São passos secos, de sapatos de sola ligeiramente emborrachada. Dois? Não, são quatro! Quatro pés pisando o chão do outro lado da porta. Não parecem apressados, mas também não parecem estar ali à toa. Estacionam por alguns instantes... Posso ouvir vozes, mas é impossível identificar o que dizem. Ouço o estalo de um isqueiro. Francisco desperta e olha pra mim, atônito. Parece ter a respiração suspensa.

Ficamos em silêncio. As vozes lá fora se calam. Eu sinto uma gota de suor descer pela minha nuca. Os pés de sapatos, ligeiramente emborrachados, distribuem mais algumas palavras incompreensíveis e outra meia dúzia de passos sobre o chão do outro lado da porta. Francisco, imóvel, observa o finíssimo vão entre a porta e o piso de cimento. Ele cerra os olhos. Eu encho o pulmão de ar e me preparo para dizer algo, mas nenhuma palavra parece querer sair.

Quem seriam aquelas pessoas? Mesmo que eu tivesse a sensação de estar aqui há horas e apenas quinze minutos tivessem se passado, mesmo assim, os ladrões não poderiam ainda estar por aqui. A não ser que a polícia tivesse aparecido na porta do prédio e, desesperados, eles tivessem voltado para buscar um refém. A essa altura, teriam então encostado uma arma na barriga de Virgínia, a ruiva grávida – é claro, uma refém grávida sempre torna a situação mais dramática. Elaine, a recepcionista vulgar, integrante do grupo, teria facilitado a entrada dos ladrões no edifício e o faxineiro, que fingia varrer o pátio, nada mais fazia do que esperar para dar o sinal ao motorista da van em que o bando fugiria. E tudo isso encabeçado por alguém de patente superior, alguém que tinha acesso livre à área dos escritórios: ninguém menos que doutora Letícia, a chefe da quadrilha! Minha nossa, acho que o calor realmente danificou meu cérebro, ou de que outra forma eu teria criado um roteiro policial tão “B” numa fração de segundos?

O olhar de Francisco se move sobre o chão sujo deste lugar. E se alguém abrir a porta? Tudo estará resolvido, certo? A luz que vejo atravessar a fresta da porta é uma luz natural que vem de longe, ainda é dia, e, tão logo abram essa porta, poderei vestir meu tênis, colocar a mochila nas costas e apertar as mãos de Francisco. Diremos um ao outro, algo como *foi legal te conhecer, é, foi mesmo, olha, anota meu e-mail, sei lá, vamos tomar um sorvete qualquer hora dessas, bater um papo, claro!* E então eu me despedirei desse estranho para nunca mais vê-lo, sairei do prédio, andarei duas quadras e tomarei um ônibus de volta para casa, de volta para a minha velha e conhecida vida. E esse retorno me apavora.

Não dizemos nada. Não dizemos nada, mas, secreta e intimamente, sabemos exatamente o que está acontecendo. Essas duas pessoas ali fora podem ser a nossa salvação. Devíamos bater na porta e nos esgoelar por socorro. Será? Ter esta porta aberta significará o nosso retorno ao mundo, não ao mundo real, mas ao mundo externo. O mundo real parece ser esse que enfrentamos agora, dentro de nós mesmos. Acho que nunca olhei alguém tão de perto e, certamente, nunca olhei para mim mesma tão de perto. Parece que foi uma longa viagem até aqui, mas, ao mesmo tempo, basta que alguém abra essa porta para que a gente volte ao ponto de partida, assim, num piscar de olhos. Será que Francisco pensa o mesmo? Não sei se quero voltar, não ainda.

Lá fora, um tossido e mais algumas palavras. Posso ouvir uma delas: *assalto*. Continuamos em silêncio. Os pés então voltam a se mover e ouvimos os passos desaparecerem no corredor, levando embora nossa chance de sair dali.

Não consigo me mover e mal posso raciocinar. Francisco vira-se pra mim:

"Por que você não..."

"Quê?", respondo sem saber bem o que dizer.

"Ué, por que você não..."

"Por que eu não o quê? Sei lá, como é que eu ia saber que..."

"Ah, você podia..."

E assim chegamos a esse diálogo bem nonsense. Nem Woody Allen teria escrito algo tão complexo e profundo quanto: *"Ué, porque você não... Por que eu não o quê?... Sei lá, como é que eu ia saber que..."*

Afinal, será que precisamos dizer alguma coisa? Será que precisamos dizer um ao outro que, pela primeira vez, não queríamos ser salvos porque não havia nada a ser salvo, além de nós mesmos?

"Hoje é meu aniversário", murmuro.

"Quê?"

"Hoje é a droga do meu aniversário", repito num tom mais alto, sólido como um tijolo.

"Sério? Porque você não falou nada antes?"

"O que você teria feito? Cantado parabéns? Ainda dá tempo... Mas é melhor esperar o bolo chegar..."

"Dezessete?"

"Malditos dezessete..."

"Que pena que levaram seu celular. Você está perdendo todos os parabéns."

"Você realmente acha que eu tenho amigos? Acha que vai ter uma fila de gente na porta da minha casa hoje com faixas de *Parabéns, Sara, nós te amamos*?"

"Os seus pais devem estar preocupados... Por que você não..."

"Não o quê?", digo, fingindo não perceber que ele quis perguntar por que eu não bati na porta quando havia gente ali fora.

"Deixa pra lá..."

"Meu pai... meu pai até que é um cara legal, mas não era um tipo pra ter filhos, sabe? Eu chamo ele de 'pai protocolar'. É isso, ele só cumpre o protocolo. Acha que tudo se resolve com um tapinha nas costas e meia dúzia de palavras que tirou de algum livro de motivação."

"Onde ele está agora?"

"Em Brasília, numa reunião. Deve chegar à noite. Se teve tempo, deve ter mandado um SMS de parabéns."

"E a sua mãe?"

"Uma neurótica egoísta disfarçada de guru holística."

"Pela sua descrição, parecem realmente pessoas muito finas... Você não acha que está exagerando um pouco, não?"

"A minha mãe esqueceu a merda do meu aniversário. A aula de pilates ela não esqueceu, mas o aniversário da filha, sim. Ela me acordou para ir ao colégio, me buscou e me trouxe a essa droga de terapia. E tudo que eu ouvi dela foi '*Se comporta, hein? Pegou o cheque? Sara, faça o favor de arrumar a sua cama antes de sair. Esse tênis não tá horrível pra você ir à aula? Hoje não tem almoço, eu vou na drenagem, toma um lanche na padaria, tá? Nossa, Sara, esse seu cabelo está com as pontas tão secas... Ah, o bebê da sua prima Elen é um menino, olha que bênção! Depois liga pra ela pra dar os parabéns! Se precisar de alguma coisa, manda um SMS, a conta do seu celular veio muito alta este mês. Nossa, tá um calor... Eu bem que podia estar na praia a uma hora dessas*'."

"Sara... Me diz uma coisa... Quantos anos tem a sua mãe?"

"Quarenta e dois."

"Olha, não leve a mal isso que eu vou te dizer, mas... sabe, a gente cresce achando que os pais da gente têm que ser super-heróis, infalíveis, perfeitos... Mas, porra, não é nada disso. Eu tenho quarenta anos, e se tivesse uma filha da tua idade, não teria a menor ideia do que fazer com ela."

"Mas eles tiveram dezessete anos pra aprender...", resmungo.

"Sara, não é bem assim. Em dezessete anos, trinta, quarenta, cinquenta... Pode ser que a gente amadureça em um monte de coisas, mas, no fundo, não nos tornamos assim tão mais sábios. Ficamos mais experientes, é verdade, mas, por outro lado, nossos medos só crescem, e é medo de tudo: medo da morte, medo de perder alguém, de perder o emprego, medo de ficar doente, de ficar velho, de ficar feio, de ficar ultrapassado, de ser rejeitado, de ser esquecido... Parece que quanto mais vivemos, mais apegados à vida ficamos, e esse apego acaba nos paralisando, nos torna covardes. E, por outro lado, continuamos inseguros, fazemos merda o tempo todo, nos arrependemos, pensamos besteira, batemos o carro, sentimos inveja, frustração, esquecemos de pagar uma conta importante, deixamos o forno ligado, não passamos protetor solar, saímos sem carteira, não pagamos o IPVA, queimamos a fonte do computador, quebramos um copo lavando a louça, perdemos o passaporte, esquecemos de regar as plantas, deixamos o arroz queimar, não retornamos a ligação de um amigo, abrimos e-mail com vírus, deixamos o iogurte vencer na geladeira, compramos um presente que não agrada, erramos o nome da esposa do melhor amigo, e até..."

"Até...?"

"Bem, até esquecemos o aniversário de um filho. Mas isso não quer dizer, absolutamente, que gostamos menos dele... Isso quer dizer apenas que somos imperfeitos, cheios de defeitos e manias e que, na verdade, não somos modelo pra ninguém... Sara, você é cheia de defeitos, e ainda assim é uma pessoa incrível... Não espere que seus pais sejam perfeitos... ninguém é. E isso é absolutamente normal."

"Não, não é normal, não pode ser normal! A minha vida é tão medíocre que não pode ser normal!"

"A sua vida é medíocre? Então o que você deve achar da minha? Eu tenho quarenta anos, sou solteiro – não por convicção, mas por desleixo –, trabalho num jornal de merda, abandonei meus sonhos profissionais, moro de aluguel, não tive filhos, não consigo concluir um romance que comecei a escrever há quinze anos, meu melhor amigo morreu e a única mulher que amei vive com outro. Que tal, quer competir? Queria eu que a grande tristeza da minha vida fosse minha mãe ter esquecido um aniversário meu!"

Por que, por que, por quê? Por que eu não consigo encontrar nada na minha vida que me faça crer que ela realmente não é normal? Por que eu não tenho o direito de ter uma visão pessimista do mundo? Por que todo mundo, absolutamente todo mundo, em casa, na escola, na televisão, nos outdoors, por que estão todos dizendo que eu *tenho* que ser feliz, o tempo todo? Por que eu não tenho direito a um passaporte à tristeza? Se você olha pro lado e vê uma criança passando fome, você tem que dar graças a Deus e ser feliz porque não te falta comida. Se alguém tem paralisia, eu tenho a obrigação de ser feliz porque tenho o corpo em perfeito estado. Quando alguém perde um filho, eu não tenho o direito de chorar porque o meu cachorro de estimação morreu. Parece que tem sempre alguém com mais direito à infelicidade do que eu."

"Ei, Sara... Desculpe, eu não queria te fazer chorar."

"Tudo bem, não é culpa sua..."

"Você quer saber de uma coisa? Eu te admiro. Acho que eu nunca teria coragem de admitir, nem pra mim mesmo, que não gosto da minha vida. Parece que hoje temos que ter um orgulho tranquilo daquilo que nos tornamos, ainda que nos achemos uns merdas. Na nossa sociedade não há mais espaço para os grandes frustrados, fracassados, derrotados, arrependidos. Estamos sempre tentando ver o lado bom das coisas e, quando ele não existe, o inventamos. Sara, existe uma única coisa que eu posso te dizer com convicção: duvide sempre da felicidade alheia."

Ouvimos trovões, parece que vai chover.

Adoro os sons que anunciam as tempestades. Eles me lembram o quanto somos insignificantes comparados às forças da natureza. Quando eu era pequena e ficava com medo dos trovões, meu pai olhava pro céu e dizia: "*Ô, São Pedro, dá pra parar de arrastar os móveis que o senhor tá assustando a minha filha? Já falei, hoje não é dia de mudança!*". Minha mãe ria e dizia que São Pedro estava arrumando a casa pra receber visitas. Eu então perdia o medo e passava um tempão imaginando quão enormes deviam ser os móveis de São Pedro.

"Ei, Sara... No que você tá pensando?"

"Na minha mãe."

Um raio relampeja bem próximo. A lâmpada fluorescente da sala pisca algumas vezes. Como é que os caras que estiveram aí fora não perceberam que havia luz aqui dentro?

"Minha mãe, sabe, ela é muito estranha, parece que só pensa em si mesma... Às vezes eu acho ela tão fútil, tão artificial... Mas, às vezes, ela passa as tardes de sábado arrumando meu armário de roupas, dobrando peça por peça, e aquilo deve ser um saco, eu sei, meu armário tá sempre um caos, mas parece que ela faz sem raiva... Parece que ela até gosta de fazer aquilo... E quando a gente janta ela sempre faz o meu prato e o jeito que ela coloca o arroz é tão único... Sabe, quando eu janto sozinha e coloco eu mesma o arroz no prato parece que não tem o mesmo gosto, os grãos ficam todos espalhados e eu fico triste porque só ela sabe fazer aquele montinho de arroz tão perfeito... E quando eu durmo com os fones no ouvido ela sempre vem no meio da noite para tirá-los e eu sinto ela me dar um beijo na testa... E aí eu me pergunto, mas se eu estou dormindo, não vou saber que ela me deu um beijo, então por que ela dá mesmo assim? Eu acho que... acho que ela realmente gosta de mim. E acho que eu gosto dela mais do que ela sabe, mais do que eu demonstro... Eu só queria não ser assim tão..."

"Tão o quê?"

"Tão ranzinza."

"Como você mesma diz, é o seu 'sotaque'."

Rimos. Eu penso na minha mãe por mais alguns instantes e me lembro de quando eu andava no banco de trás do carro e a Ana Laura ía na frente. Eu sentia tanto ciúmes que ficava pegando o cabelo da Laura, sem que ela percebesse, e dava nós nas pontas. Eu me lembro de assistir a elas conversando, escolhendo músicas no rádio, pareciam tão amigas ali na frente, enquanto eu me sentia completamente rejeitada no banco de trás. Sonhava com o dia em que eu poderia disputar o banco da frente. Mas, é estranho, quando a Laura foi embora, eu não senti nenhuma alegria ao tomar posse do banco dela. Na verdade, desde então, toda vez que entro no carro, me sento emburrada, coloco o cinto com má vontade, ponho os fones no ouvido, colo a cara no vidro e deixo meu olhar se perder pelas ruas. Agora, de repente, sinto uma saudade meio besta da minha mãe, saudade de estar com ela ali no carro. Saudades de tantas coisas que nunca fizemos juntas.

Começa a chover.

She (we gave her most of our lives)
is leaving (sacrificed most of our lives)
home (we gave her everything money could buy)
She's leaving home after living alone for
so many years (bye bye)

Ela (nós demos a ela a
maior parte de nossas vidas)
Está saindo (sacrificamos a
maior parte de nossas vidas)
De casa (nós demos a ela tudo
que o dinheiro podia comprar)
Ela está saindo de casa depois de viver só
Por tantos anos (adeus)

("She's leaving home", The Beatles,
Sgt. Pepper's lonely hearts club band)

20.

Ficamos algum tempo em silêncio ouvindo a chuva.

"Que dor de cabeça..."

"É esse seu uísque... Fica comprando coisa barata, dá nisso."

"Não, não é isso... Essas dores sempre vêm. São quase diárias."

"É a cola que você anda cheirando... ou então..."

"Ou então o quê?"

"Sei lá, excesso de atividade cerebral. Posso te falar uma coisa? Olha, aproveita que eu tô meio bêbada, dificilmente sou sincera assim. Como é mesmo que dizem? O álcool entra e a verdade sai?"

"Diga."

"Sabia que você é um cara legal?"

"Nossa... É isso que você tem a me dizer? Poxa, estou imensamente lisonjeado..."

"Não... É mais do que isso... Você é legal *mesmo*. Você é inteligente, sem ser metido. Os caras da sua idade que se dão ao trabalho de conversar comigo são sempre uns tipos escrotos, querem me dar lição de vida, como se eu não soubesse nada de nada. E outra coisa... Não é que você faça meu tipo, afinal, ainda estou naquela fase de gostar de garotos de banda e acho que isso vai durar um bom tempo, mas eu acho que você é..."

"Sou...?"

"Ah, você entendeu... tipo... atraente, sabe? Os caras da sua idade normalmente são uns babacas, principalmente os solteiros. Ficam montados em carrão, roupa fina, perfume caro, loura vadia..."

"Então você quer dizer que eu sou desleixado, maltrapilho e fedorento?"

"Não, porra, não é isso... Mas acho que você não ficou tipo tiozão nojento, sabe? Você tem um quê meio *rock and roll*. E eu acho isso legal pra caralho."

"Bem... Vindo de você... Eu devo admitir que esse foi o maior elogio que eu já recebi em toda a minha vida."

"Ah, mas não era pra levar a sério não, só estou falando isso pra ver se melhora a tua dor de cabeça..."

Rimos.

"E esses garotos de banda... Te dão trabalho?", ele pergunta.

"Como assim?"

"Ué, eles devem andar atrás de você, não?"

"Você tá tirando uma com a minha cara, né?"

"Por quê?"

"Você acha que alguém sabe que eu existo? Na boa, olha pra mim... baixinha, magrela e estranha."

"Eu gosto do seu cabelo. É natural?"

"Se você está perguntando do liso, sim, é natural. Mas a cor não. Eu tinjo, preto azulado. Minha mãe fica revoltada, *seu cabelo é castanho-claro, tããão lindo, que crime pintá-lo!*"

"E por que você pinta?"

"Ah, sei lá, já faz alguns anos que adotei essa cor. O cabelo natural me deixa meio com cara de menina tonta, sabe, assim, meio desavisada?"

"Tanta morena querendo ficar loira, já você..."

"Pois é."

"Mas eu acho que é legal, te deixa assim... autêntica. Você só não precisava tapar tanto o rosto com essa franja. Mal dá pra ver seus olhos."

"A ideia é essa."

"Sei... e você nunca usa brinco, batom, fivelinha... essas coisas de menina?"

"Uso isso aqui", digo tirando debaixo da blusa a corrente de prata com um pingente. Francisco se aproxima para olhar o pingente com atenção.

"O que é isso?"

"Ué, não conhece? É coisa da sua época... É um Gato Félix de prata."

"E o que ele está fazendo no seu pescoço?"

"Quer saber mesmo? Não é uma história lá muito nobre..."

"Prometo que não vou me espantar."

"Então... foi o seguinte... Minha mãe resolveu fazer quarenta anos bem no dia do show do Radiohead. Ou melhor, ela não só resolveu fazer quarenta anos, como também inventou de fazer uma droga de coquetel em casa. Eu não tinha conseguido comprar ingresso pro show, daí meu pai prometeu que, no dia, me levaria na porta para que eu tentasse comprar na mão dos cambistas. E, veja só você, a minha mãe planejou tão bem a festinha, que esqueceu de comprar as bebidas. Consegue imaginar um coquetel sem bebidas? Bem, as pessoas começaram a chegar e ela ainda estava terminando de fazer os patês. Sobrou pra quem comprar as bebidas? Meu pai. Não, não dava pra comprar no mercado a três quadras de casa, ele tinha que se abalar até um distribuidor de bebidas lá no Tucuruvi para comprar meia dúzia de garrafas de Martini. Será que ela realmente achou que aquele coquetel seria tipo o aniversário de oitenta anos da Hebe?

'Volto em menos de uma hora, filha, prometo. Fica pronta, tá?'

Ficar pronta? Acho que eu estava pronta desde as três da tarde. Aquele seria um dos shows mais importantes da minha vida (até então), mas acho que ninguém conseguia enxergar isso.

Resumindo, às 19h30, lá foi meu pai para a Passarinho Distribuidora de Bebidas Ltda. Se não me engano, às 19h35, começou a cair uma chuva descomunal, dessas que assustam até o Datena. Já dá pra imaginar o que aconteceu, né? Mas vamos pular a parte das enchentes, da água no motor do carro, do coquetel regado a Pepsi e Clight. O que importa é que eu perdi o show e quase ganhei uma úlcera."

"Hum... Tá, mas o que isso tem a ver com esse Gato Félix no seu pescoço?"

"Você pode imaginar uma pessoa com muita, muita raiva?"

"Acho que sim."

"Então imagine alguém com mais raiva ainda. Passei a noite toda trancada no quarto acompanhando o twitter dos filhos da puta que estavam no show. Só saí uma vez, para ir ao banheiro. E, naquele momento, ouvi minha mãe dizer com uma voz histérica, *'Ai que liiiiiindo, Rosana! Fátima, vem ver o que a Rô me deu!'* Olhei discretamente para a sala e vi nas mãos dela um vaso lartanja imitando murano em forma de cisne. Simplesmente pavoroso. *'Ai, Rô, amei!* '

No dia seguinte, acordei cedo, enfiei a porcaria do vaso na mochila e fui pra feira do Bixiga, determinada a trocá-lo pelo objeto mais esdrúxulo da feira. Daí, encontrei esse pingente."

"Não acredito..."

"Pois é. Às vezes eu também não."

"Vingativa você, hein..."

Não respondo.

"Ah, Sara, mas ele não é esdrúxulo, vai..."

"Não, não é mesmo."

"E a sua mãe, o que achou de tudo isso?"

"Não sei bem o que ela achou, não consegui entender muita coisa no meio daqueles berros, mas essa história rendeu a suspensão do meu acesso à internet e à televisão por duas semanas, além do confisco do pingente, que depois ela acabou me devolvendo. *'É de prata, vê se tira pra tomar banho, senão escurece'.*"

"E você não ficou assim... meio..."

"Culpada? Preciso dizer?", falo colocando a corrente para dentro da blusa novamente.

Francisco não responde. Parece sentir pena de mim. Pena por esses meus sentimentos tão ambíguos. Pena por essa desordem na minha cabeça. Confusão mental 1 x Sara 0.

"Eu tava com raiva..."

"Ei, Sara, não precisa se explicar. Chega desse assunto. Vamos ver o que está acontecendo com a Soraia. Aliás, quando é que ela vai virar santa?"

Capítulo 03

O BALDE VAZIO E O CHINÊS GENTIL

Mesmo depois de um ano no colégio, Soraia ainda sofria bullying. "Ai, bonequinha russa, a gente vai te rachar no meio pra ver se tu tem outras bonequinhas por dentro", diria uma das meninas da ala sul com um tom de voz que, séculos depois, inspiraria o gingado verbal de manos cariocas.

O inverno chegou mais cedo e ~~com~~ severo naquele ano. A fonte local secou e obrigou os moradores do vilarejo a buscar água na cidade vizinha.

~~Ahmad e Rana, por sua vez,~~

Soraia gostava dessa tarefa, pois isso significava que ela não precisaria ir à aula. No entanto, à caminho do rio, fazia questão de passar em frente ao colégio. Colocava o balde na cabeça, atirava pedras nas vidraças e fazia gestos obscenos para as meninas da ala sul. E aquele era o momento mais alegre do dia, talvez até da semana.

Ahmad e Rana, por sua vez, continuavam a plantar e comer repolhos. E todos viviam felizes.

Até que um americano misterioso se mudou para o vilarejo. "O Chinês Gentil" era como todos o chamavam, mas não porque ele fosse chinês e muito menos porque fosse gentil. É que esse foi o codinome que o rapaz adotou após fugir de um presídio no ~~Arkan~~ Missouri para vagar pelo mundo dedilhando melodias tristes em seu banjo.

Numa tarde chuvosa, Soraia ouviu o canto do banjo pela primeira vez. Olhou para a galinha que chocava seus ovos na cozinha, sentiu o cheiro que saía da panela de repolhos, lembrou-se de Irina e do cachorro Vladimir sendo arrastado pela correnteza. Levantou-se, dirigiu-se ao Chinês Gentil e partiu com ele para nunca mais ser encontrada.

***

"Sara, você ainda não me respondeu."

"O quê?"

"Quando é que ela vira santa?"

"Ué, como é que eu posso saber?"

"Como assim, *como é que você pode saber*? Não é *você* quem está escrevendo a história?"

"Sim, mas ela acontece independentemente da minha vontade. É como se eu estivesse psicografando, entendeu? Não tenho domínio sobre os fatos. Além do mais, não cheguei nesse ponto ainda. É um enredo complexo, serão mais de trezentos capítulos em pelo menos cinco tomos."

"Socorro... Quanto tempo falta mesmo para você terminar o colégio?"

"Mais uns nove meses."

"Haja aulas de matemática..."

"Tudo bem, eu não tenho pressa. Mas, e aí, você melhorou?"

"Melhorei do quê?"

"Como do quê, e a dor de cabeça?"

"Ah... Não, não é tão simples assim. Demora pra passar."

"E você toma alguma coisa?"

"Não mais. Já tentei de tudo. Da última vez, tomei meia caixa de paracetamol, e nada."

"Bem, quem sou eu pra falar, mas acho que você deveria ir a um médico. Vai que é um tumor cerebral, ou o anúncio de um aneurisma, sei lá, essas coisas..."

"Não tenho coragem."

"De quê? De ir ao médico? Fala sério..."

"Não", ele diz abrindo a mochila e tirando dali alguns envelopes. "De abrir esses envelopes."

Vejo o selo de um laboratório médico lacrando os envelopes de cor cinza. Letras em verde escrevem *Diagnósticos especializados.*

"Como assim? O que é isso?"

"Os exames que você me recomendou, *doutora*. Já fiz todos. Vim buscar hoje. Estava prestes a fumar um cigarro para então abri-los quando me dei conta de que não tinha um isqueiro. O resto da história acho que você se lembra."

"Como assim? Você tem realmente uma doença?"

"Não sei, Sara. Acho que não. O médico disse que ia pedir todos esses exames só pra ter certeza."

Olho novamente para os inúmeros envelopes que ele tem em mãos.

"Posso ver?"

"Você está me gozando, né?"

"Ué, já que você está com medo, eu abro e vejo os resultados pra você."

"Claro. E você acha que vai entender muito do que vai ler?"

"Ah, eu já fiz exame de sangue. Eles sempre colocam uma tabelinha de referência pra você saber se tem um número suficiente de leucócitos, plaquetas, essas coisas..."

"Sara, esses exames são um pouco mais complexos."

"Tudo bem, pode ser, mas ainda assim acho que eu poderia interpretá-los."

"OK, supondo que eu deixe você abrir os exames. E se você olhar e não entender nada? Ou pior, e se interpretar errado?"

"Ué, é um risco que se corre."

"Obrigado, esse é um risco que, definitivamente, eu prefiro não correr."

"E se eu abrir e não interpretar? É, e se eu só abrir e ler o que está escrito em voz alta pra você?"

"Sara, eu sei ler."

"Mas você está com medo de abrir o exame e ler, eu posso fazer isso pra você. Daí você fica só com o resto."

"Muito solidária você. E o que vem a ser o resto, que mal lhe pergunte?"

"Ué... o resto todo..."

"Seja mais clara..."

"Ah, a parte de tirar um peso da sua consciência, de dizer pra você mesmo, *Ufa, eu não tenho nada!*"

"OK, perfeito... Mas, e se..."

"E se o quê?"

"Por favor, Sara, você é mais inteligente do que isso. Sabe tão bem que abrir esses exames pode..."

"Pode o quê?"

Ele não responde. Percebo um nervosismo crescente em suas palavras. Ele olha para os envelopes e então olha novamente para mim.

"O médico pediu... bem, ele pediu um monte de exames, parecia preocupado... Olha, Sara, acho melhor nem eu abrir esses exames. Tenho um retorno para a semana que vem, vou esperar e ver o que ele me diz."

"Você sabe que não vai conseguir..."

"Conseguir o quê?"

"Dormir com essa pilha de exames fechados na sua mesa de cabeceira. É como quando você ouve um barulho estranho e acha que tem alguém debaixo da cama. Você fica morrendo de medo, acredita mesmo que possa ter alguém ali, com uma faca, sei lá. Dá um medo real. Mas, ao mesmo tempo, você sabe que pode ser apenas fruto da sua imaginação, que pode ter sido apenas um estalo do estrado. Mas o medo é tão grande que você não olha. E, na verdade, a chance de não ter ninguém ali é muito maior do que a chance de ter. E, ainda assim, você prefere dormir apavorado?"

"Eu sei... Mas o problema é que pode realmente ter alguma coisa, entende?"

Reflito por alguns instantes. Olho novamente para os envelopes e digo sem encará-lo:

"Olha, nesse caso, será que o melhor não é simplesmente não saber?"

"Como assim? Não ler os exames?"

"Não só não ler. Queimar tudo e não voltar mais ao médico."

"Ficou louca?"

"Não... Mas e se você descobre que tem uma doença incurável?"

"Bem, primeiro: supondo que eu abra o exame e não tenha nada. Que as dores de cabeça realmente sejam causadas pelo uísque barato, que você diz que eu tomo, ou pela cola, que você diz que eu cheiro. Vou me sentir imensamente aliviado e tratar de investir mais na qualidade das bebidas e dos entorpecentes. Mas isso vai mudar alguma coisa na minha vida? Não, vai ter sido apenas um susto."

"Isso, só mais uma emoção..."

"Mas supondo que eu abra o exame e descubra uma doença grave. Um tumor, como você mesma disse. Eu posso me tratar, certo? Há vinte anos os médicos te bombardeavam com radioterapia, mas, hoje, as coisas melhoraram um pouco. Eu posso me tratar e sair dessa. Mas eu só posso fazer isso se abrir os exames ou voltar no médico. Por que eu fugiria disso, Sara?"

"E se você não conseguir se tratar? E se for em vão? Você vai ter passado os últimos meses da sua vida num hospital?"

"Da forma que você fala, até parece que é uma coisa impossível de acontecer..."

Engulo em seco.

"É, eu sei, desculpa... Acho que estou tratando como uma coisa distante e improvável."

"Esse médico é... Bem, quando as dores começaram, eu fui a um neurologista. E ele me encaminhou para esse outro... "

"Que é?"

"Oncologista."

Não respondo. Eu sei bem do que cuida um oncologista, mas finjo não me impressionar. Sinto um crescente frio no estômago. Não encontro nada muito inteligente para dizer. Penso na camiseta do Tatá que tem um robô desenhado, penso no abajur amarelo na casa dos meus avós, penso no paliteiro quadrado que tem no restaurante onde vamos jantar no final do ano, na cicatriz que tenho na perna esquerda de quando caí de bicicleta, na barba malfeita do professor de história, na vitrine de balas e chocolates do cinema, nos post-its coloridos em cima da minha escrivaninha, na música do caminhão de gás, no cheiro do protetor solar, na pirâmide de esmaltes da manicure, na pilha de livros no escritório do meu pai, no barulho estridente do sinal do colégio, no vestido colorido que a faxineira coloca quando vai embora depois de um dia de trabalho, penso em tudo isso e penso em qualquer coisa que me tire daqui por um instante e sequestre meus olhos para longe desses envelopes. Francisco vira mais uma vez o cantil e volta a oferecê-lo pra mim.

"Não, valeu. Acho que já estou meio tonta."

Sara

Desde os sete anos de idade eu sonho o mesmo sonho repetidas vezes. Quando contei isso à doutora Letícia, ela pediu para que eu começasse a escrever meus sonhos num pedaço de papel assim que acordasse. Eu sempre levantava super em cima da hora para ir à aula, mas teria que começar a acordar um pouco mais cedo se quisesse ter tempo de anotar. Comprei um caderno de capa vermelha e deixei ao lado da cama, apesar de considerar aquela proposta quase uma atividade do primário, algo do tipo, *escreva dez linhas sobre o seu final de semana no sítio.*

Nas primeiras semanas tive dificuldade em acordar mais cedo, ainda que fossem apenas dez minutos. Pouco a pouco comecei a observar a estranha rotina daquele momento que era quase como um nascimento, mas que se repetia todas as manhãs.

O despertador tocava às seis e meia, histérico, e seus gritos adentravam meu sonho como um alarme de incêndio. Uma espécie de pânico se instaurava e eu assistia àquelas pessoas, cenários e objetos fugindo rapidamente da minha mente. Dava uma certa tristeza ao ver aquele mundo se dissipando, por mais insólito ou desagradável que fosse o sonho. "*Não, ainda não, me deixe aqui mais um pouco*", pensava. Mas não havia volta. Eu abria os olhos e tudo o que podia ver então era o lustre bege e imóvel pregado no teto do quarto. Sentia o cheiro do café que meu pai preparava na cozinha e que penetrava suavemente o ambiente. Meu coração parecia bater um pouco mais acelerado do que o normal. Eu fechava novamente os olhos e, com sorte, ainda encontraria minúsculos restos do sonho estilhaçado. Eram instantes muito curtos, mas absolutamente intensos.

Então eu olhava para o caderno e o folheava, vazio. Sentia uma angústia profunda. No geral, eu conseguia me lembrar dos sonhos com riqueza de detalhes, mas era difícil escrever uma sequência lógica que fizesse o mínimo de sentido, até pra mim. Então comecei a escrever sem me preocupar muito com a lógica, ia anotando qualquer lembrança que me viesse à cabeça. Assim, cheguei a escrever mais de trinta páginas com coisas do tipo: fada espetada no palito de dente gritando por socorro, forno ligado debaixo da cama, velha sem cabelos caída na porta da escola, dentes da frente quebrando, ventilador de rodinhas me seguindo pela rua, cachorro amarrado no banheiro ouvindo ópera, Ana Laura tirando a roupa no supermercado, corredor branco com portinha azul à esquerda, menino da árvore querendo ser meu amigo, homem com saxofone pisando as minhas roupas num quintal, minha mãe comendo sorvete de carne com chocolate, boneca da infância chorando na geladeira, e outras coisas que, para qualquer pessoa, pareceriam surreais demais, até mesmo para doutora Letícia.

Assim, nunca levei o caderno às sessões de terapia. Não queria dividir aqueles momentos com ninguém. Tinha a impressão de que, se os lesse para alguém, perceberia que não passavam de tolices, bobagens de fazer rir e de dar pena, e que não tinham o menor significado para o mundo. E qual a importância de alguma coisa que não muda em absolutamente nada a história do mundo e só faz sentido para mim e para mais ninguém?

Sim, eu sei, alguma coisa vai acontecer e vamos sair daqui, nem que seja dentro de algumas horas. Quando ficar tarde, meus pais darão a minha falta. Tentarão ligar no celular, mas não me encontrarão. Ligarão para a terapeuta, descobrirão que eu não estive na sessão e virão ao prédio. Checarão meu registro de entrada, acionarão a polícia e, algum tempo depois, encontrarão este almoxarifado.

"*Não, ainda não, me deixe aqui mais um pouco*", pensarei. Mas não haverá volta. No dia seguinte tentarei reunir os fragmentos deste dia para compor uma sequência lógica, mas sem sucesso. E, dia após dia, quando fechar os olhos, com sorte ainda encontrarei minúsculos restos desta tarde estilhaçada.

Francisco

Um dia, Sara, quem sabe daqui a alguns anos, o dia de hoje terá se tornado apenas uma vaga lembrança na sua memória. Hoje você faz dezessete anos e este parece ser o dia mais importante da sua vida, por mais deprimente que seja passá-lo trancada com um cara como eu numa sala suja.

Quem pode dizer o que vai acontecer na sua vida? Quem sabe ela não será uma sucessão de momentos intensos, que farão com que o dia de hoje se torne uma tarde pálida em meio a outros acontecimentos mais importantes? Quem sabe nos tornemos bons amigos? Quem sabe a gente nunca mais se veja?

Eu olho pra você e sinto um misto de admiração, inveja e cumplicidade. Eu ouço as suas histórias e, se eu fosse um pouco mais desatento, quem sabe se não estivéssemos trancados aqui e sim conversando num corredor qualquer, talvez eu não tivesse sentido o teu coração pulsar em cada frase, tão discreto em meio ao teu delicioso sarcasmo. Ora entusiasta, ora niilista, ora cínica, sensível, carente, somos tão diferentes, você e eu, mas, ao mesmo tempo, pode parecer egoísta, sim, me perdoe, eu sou egoísta, assim como você e como todo mundo, mas eu olho pra você e tudo que eu consigo ver sou eu mesmo. Como foi que a vida passou tão rápido?

21.

"Ei... Em que você estava pensando?", pergunto com certo receio de ouvir a resposta.

"Eu? Em nada, por quê?"

"Você tava com o olhar tão longe... Nem percebeu que eu fiz um desenho no seu envelope."

Ele olha para a carinha sorridente que eu acabo de desenhar num dos envelopes que ele havia deixado no chão. Sorri. Então pega o envelope e uma caneta e começa a rabiscar.

"Você tá com frio?", ele pergunta sem me olhar enquanto desenha algo.

"Frio? Como assim, ficou louco, nesse forno? Já tô no ponto pra gratinar, isso sim..."

Ele vira o papel pra mim. Acima da carinha que desenhei, vejo um balão com a frase: *Vamos fazer uma fogueira com essa papelada estúpida?*

Eu hesito por alguns instantes e tento ignorar a gravidade por trás daquela pergunta.

"Não dá, não temos isqueiro, lembra?"

Rimos.

"Sabe, não importa o que aconteça, eu quero sair daqui e comer um hambúrguer bem gorduroso, cheio de maionese", digo.

"*Fritas e refrigerante médio acompanham, senhorita?*"

Tomo de volta o envelope e, dessa vez, desenho um hambúrguer com batatas fritas ao lado da carinha sorridente. Começo a desenhar uma fatia de torta de chocolate, mas desisto e rabisco por cima, afinal, como ter certeza se ela seria realmente de chocolate? E então meus olhos se detêm sobre o nome de Francisco impresso na etiqueta. Sinto uma pontada ligeira no estômago. Novamente tento pensar no robô da camiseta do Tatá, na prateleira de sabonetes da farmácia ou no cheiro do sapólio de limão, mas não, eu não consigo sair daqui.

"Você não quer ler mais um emocionante capítulo da vida de Irina?", ele diz.

"Putz... Não dá."

"Claro, desculpe, ela já não é mais Irina. Você pode ler então mais um emocionante capítulo da vida de Soraia?"

"É sério, não dá", digo abrindo o caderno e mostrando a ele as folhas em branco.

"Ué, você arrancou as páginas?"

"Não. Só não escrevi mesmo."

"Um romance épico em três capítulos?"

"Pois é", respondo com certa vergonha.

"Pois é... A vida de algumas pessoas cabe num parágrafo. Acho que a minha cabe num guardanapo de bar e ainda sobra espaço pra ilustração."

Observo novamente o nome de Francisco no envelope.

"Sabe de uma coisa? Eu estou tão cheia de ouvir e ver tanta gente perfeita, tanta gente se dando bem, tantas almas gêmeas, tanta gente feliz, realizada, no topo do mundo... Que merda, eu não acredito em nada disso, sabia? Eu sei que talvez não tenha vivido o suficiente pra entender muita coisa, mas eu estou cansada de gente tão sábia, tão cheia de experiência, que não se surpreende com mais nada, que acha que a vida a partir de um certo estágio é só repetição... Eu... eu não quero ser uma pessoa assim."

Ele não diz nada.

"E você... Eu sei, eu te chamei de muitas coisas, e desculpa se eu te ofendi, às vezes eu falo sem pensar, mas tudo isso, sabe, o seu melhor amigo, a sua ex-namorada, seu livro, sua carreira... Você pode achar que não tem nada... Mas você é a última pessoa no mundo que eu poderia chamar de medíocre... Você é só... muito... real."

Ele sorri, olha com carinho para aquela turma de rabiscos, hambúrguer, batata frita, carinha sorridente, balão com frase nonsense e diz:

"Sara... Vamos combinar o seguinte? Seja lá o que aconteça...", hesita. Respira fundo e prossegue.

"Bem, nós não vamos abrir esses exames aqui, certo? Você sabe, em breve vou voltar ao médico e ele sim vai poder me dizer alguma coisa... Mas eu não queria ter que falar com você sobre isso."

"Como assim? E você não vai me contar se é algo sério?"

"Sara, se for uma notícia ruim, eu não vou querer te dar, daí vou ter que te evitar, mentir, inventar algo, e eu sou péssimo nisso... e, se não for nada e eu puder te contar a verdade, você vai ficar encanada, vai achar que eu tô escondendo algo..."

"Calma, acho que eu não estou entendendo... Você sabe muito bem que você não vai conseguir esconder nada de mim, eu vou te encher o saco até você dizer alguma coisa. Quando eu quero, sou bem, insistente, sabia? A não ser que... Bem, a não ser que a gente nunca mais se veja."

Francisco está sério. Noto que ele observa discretamente seu próprio nome escrito na etiqueta do envelope, como se quisesse enxergar o que tem por trás daquelas letras, algo que até o laboratório de diagnósticos mais especializado talvez nunca consiga detectar. Em qual prateleira ele terá depositado seus sonhos? Será possível ainda alcançá-la? Será que ele ainda se surpreende com a vida? Um dia eu também deixarei de me surpreender e os meus dias serão uma sequência de repetições?

De repente, o silêncio é quebrado por um ruído estranho lá fora. E, antes que eu tenha qualquer reação, a porta é aberta com violência. Vejo surgir um policial, que olha pra mim com um misto de seriedade e alívio. Sinto uma pontada aguda no coração e um leve enjoo. Ele se vira então para o fundo da garagem e grita:

"Senhora, encontramos sua filha!"

Volto-me para Francisco. Observo novamente o branco surrado, vivido, da camiseta dele. Quanto tempo terá se passado? Quanto tempo irá se passar até que o meu branco se torne como o dele? Ouço o eco da voz da minha mãe diminuindo na garagem à medida que ela se apressa para me encontrar. Francisco está imóvel. Nossos olhares se encontram e ficam parados, um no outro. Não conseguimos dizer nada. Ele, então, fecha as pálpebras lentamente e eu sei que aquilo é como um abraço, suave como a despedida de um amigo na infância.

Olho então para o céu e me dou conta de que estou submersa, a muitos metros de profundidade. A luz do sol brilha com intensidade sobre a imensa camada de água. Tento nadar em direção à superfície, tenho uma sensação muito real de afogamento. Então, fecho os olhos por alguns instantes. Lentamente, percebo minha respiração se normalizar. Sinto meu corpo seco e o calor agradável do sol tocando a minha pele. Abro os olhos. Estou sentada na areia e o mar desenha uma linha calma no horizonte.

Agradecimentos

A Ligia Guedes Brosch e Cynthia Nóbile pelas leituras atentas.

A Celso de Campos Jr. pela dedicação incansável a cada detalhe deste livro.

Ao meu pai, Erivelto Busto Garcia, por tantas e tantas revisões e, ao lado de Conceição Amaro Garcia, pelo estímulo imensurável ao longo de toda a vida.

Esta obra foi composta por Eveline Albuquerque
em Minion e impressa em papel pólen soft 80g/m^2 pela
Bartira Gráfica e Editora para a Sá Editora em julho de 2011.